SE A RUA BEALE FALASSE

JAMES BALDWIN

Se a rua Beale falasse

Tradução
Jorio Dauster

2ª reimpressão

Copyright © 1974 by The Dial Press
Copyright © 1974 by James Baldwin. Copyright renovado.
Todos os direitos reservados, incluindo o direito de reprodução integral ou parcial em qualquer formato.
Edição publicada mediante acordo com James Baldwin Estate.

Grafia atualizada segundo o Acordo Ortográfico da Língua Portuguesa de 1990, que entrou em vigor no Brasil em 2009.

A editora agradece a Hélio Menezes pela colaboração.

Título original
If Beale Street Could Talk

Capa
Daniel Trench

Foto de quarta capa
© Guy Le Querrec/ Magnum Photos/ Foto Arena

Preparação
Cristina Yamazaki
Osvaldo Tagliavini Filho

Revisão
Huendel Viana
Márcia Moura

Dados Internacionais de Catalogação na Publicação (CIP)
(Câmara Brasileira do Livro, SP, Brasil)

Baldwin, James
    Se a rua Beale falasse / James Baldwin ; tradução Jorio Dauster — 1ª ed. — São Paulo : Companhia das Letras, 2019.

    Título original: If Beale Street Could Talk.
    ISBN 978-85-359-3194-5

    1. Ficção norte-americana I. Título.

18-22133   CDD-813

Índice para catálogo sistemático:
1. Ficção : Literatura norte-americana   813

Cibele Maria Dias – Bibliotecária – CRB-8/9427

[2020]
Todos os direitos desta edição reservados à
EDITORA SCHWARCZ S.A.
Rua Bandeira Paulista, 702, cj. 32
04532-002 — São Paulo — SP
Telefone: (11) 3707-3500
www.companhiadasletras.com.br
www.blogdacompanhia.com.br
facebook.com/companhiadasletras
instagram.com/companhiadasletras
twitter.com/cialetras

Para Yoran

*Mary, Mary,
What you going to name
That pretty little baby?*

Sumário

UM — PREOCUPADA COM MINHA ALMA, 11
DOIS — SIÃO: A TERRA PROMETIDA, 175

A *prisão na forma de blues*, 197
Um *perfil de James Baldwin*, 217
— Márcio Macedo

UM

PREOCUPADA COM MINHA ALMA

Me olho no espelho. Sei que fui batizada com o nome de Clementine, por isso faz sentido que as pessoas me chamem de Clem, ou até mesmo, pensando bem, de Clementine, já que esse é o meu nome: mas não chamam. Me chamam de Tish. Acho que isso também faz sentido. Estou cansada, e começando a pensar que tudo o que acontece faz sentido: se não fizesse sentido, como poderia acontecer? Mas esse é um pensamento realmente terrível. Só pode ser resultado de um problema — um problemão que não faz sentido.
Hoje fui ver o Fonny. Este também *não é* o nome dele, que foi batizado como Alonzo: e poderia fazer sentido se as pessoas o chamassem de Lonnie. Mas não, sempre o chamamos de Fonny. Alonzo Hunt, este é o nome dele. Conheço ele desde sempre, e espero que continue assim. Mas só o chamo de Alonzo quando tenho que dar uma notícia muito filha da puta mesmo.
Hoje eu disse: "Alonzo?".
E ele me lançou aquele olhar rápido que costuma dar quando do uso seu nome de verdade.

Ele está preso. Por isso lá estávamos, eu sentada num banco em frente a um balcão, ele sentado num banco em frente a um balcão. E nos encarávamos através de uma parede de vidro. Não se pode ouvir nada através dessa parede sem que cada um use um pequeno interfone. Tem que falar usando isso. Não sei por que as pessoas sempre olham para baixo quando falam ao telefone, mas isso sempre acontece. Ali a gente precisa se lembrar de olhar para cima e ver a pessoa com quem está falando.

Agora sempre me lembro, porque ele está em cana e eu adoro seus olhos; e toda vez que vejo o Fonny tenho medo de nunca voltar a vê-lo. Por isso, pego o interfone assim que chego lá e fico segurando enquanto olho para ele.

Então, quando eu disse "Alonzo?", ele olhou para baixo, e depois olhou para cima, sorriu, pegou o interfone e aguardou.

Espero que ninguém nunca seja obrigado a ver a pessoa que ama através de um vidro.

E não falei como tinha vontade de falar. Eu tinha pensado em falar de um jeito despreocupado, para que ele não ficasse muito chateado, para que compreendesse que eu estava dizendo aquilo sem nenhuma intenção de acusação.

Você sabe: conheço ele. É muito orgulhoso, se preocupa com tudo, e quando paro para pensar nisso, sei — embora ele não saiba — que essa é a principal razão pela qual está preso. Ele já se preocupa demais, não quero que se preocupe comigo. Na verdade, não queria dizer o que tinha de dizer. Mas sabia que tinha de dizer. Ele precisava saber.

E pensei também que, depois que a preocupação passasse, quando ele estivesse deitado a sós de noite, quando não tivesse ninguém por perto, lá no fundo, talvez, quando pensasse sobre aquilo, ia ficar satisfeito. E isso podia ajudá-lo.

Eu disse: "Alonzo, vamos ter um filho".

Olhei para ele. Sei que sorri. Seu rosto parecia estar mergulhando dentro d'água. Não podia tocar nele. Queria tanto tocar nele. Sorri de novo, e minhas mãos ficaram molhadas no interfone, e por um momento não conseguia vê-lo, e sacudi a cabeça, e o rosto estava molhado, e eu disse: "Estou feliz. Eu estou feliz. Não se preocupe. Estou feliz".

Mas ele agora estava longe de mim, sozinho. Esperei que voltasse. Vi passar pela cara dele: *meu* filho? Sabia que ia pensar isso. Não quer dizer que duvidava de mim: mas é o que qualquer homem pensa. E, durante aqueles poucos segundos em que ele esteve lá sozinho, longe de mim, o bebê era a única coisa real no mundo, mais real que a prisão, mais real que eu.

Já devia ter dito: não éramos casados. Isso é mais importante para ele do que para mim, mas entendo como se sente. Íamos nos casar, mas ele foi preso.

Fonny tem vinte e dois anos. Eu tenho dezenove.

Ele fez a pergunta ridícula: "Tem certeza?".

"Não. Não tenho certeza. Só estou querendo bagunçar sua cabeça."

Aí ele sorriu. Sorriu porque ficou sabendo.

"O que é que nós vamos fazer?", me perguntou como se fosse um garotinho.

"Bom, se a gente não for afogar o bebê, então acho que vamos ter que criar ele."

Fonny jogou a cabeça para trás e riu, riu até que as lágrimas corressem pelo rosto. Por isso, naquela hora, achei que a primeira parte, que tinha me deixado tão amedrontada, correu bem.

"Contou pro Frank?", ele me perguntou.

Frank é o pai dele. Eu disse: "Ainda não".

"Contou pra sua família?"

"Ainda não. Mas não se preocupe com eles. Só queria contar primeiro pra você."

"Bom", ele disse. "Acho que isso faz sentido. Um bebê."

Olhou para mim e depois para baixo.

"O que você vai fazer, pra valer?"

"Vou fazer exatamente o que estou fazendo. Trabalhar até mais ou menos o último mês. E então mamãe e a mana vão tomar conta de mim, você nem precisa se preocupar. E, de qualquer jeito, vamos tirar você daqui antes disso."

"Tem certeza?"

Deu seu sorrisinho típico.

"Claro que tenho certeza. Sempre tenho certeza disso."

Sabia no que ele estava pensando, mas não posso me permitir pensar nisso — não agora, olhando para ele. *Preciso* ter certeza.

O homem chegou por trás do Fonny, hora de ir embora. O Fonny riu e ergueu o punho, como sempre, e eu ergui o meu enquanto ele se levantava. Sempre fico meio surpresa quando o vejo lá, com o fato de ser tão alto. Claro que perdeu peso, e isso o faz parecer mais alto.

Deu meia-volta e saiu pela porta, fechada às suas costas.

Me senti tonta. Não tinha comido quase nada e já era tarde.

Fui andando por aqueles corredores enormes e largos que passei a odiar, corredores mais largos que o deserto do Saara. O Saara nunca está de todo vazio. Esses corredores nunca estão vazios. Se você estiver atravessando o Saara e cair, logo, logo os abutres vão começar a circundar você, sentindo seu cheiro, sentindo sua morte. Sobrevoam cada vez mais baixo: esperam. Sabem. Sabem exatamente quando a carne está pronta, quando a alma não pode mais se defender. Os pobres estão sempre atravessando o Saara. E os advogados e os homens que emprestam dinheiro para pagar a fiança de toda essa gente, eles ficam rondando em volta dos pobres exatamente como abutres. Claro que de fato não são mais ricos que os pobres, é por isso que se transformam em abutres, carniceiros, lixeiros indecentes; e estou falando também dos negros, que muitas vezes são piores. Eu, pessoal-

16

mente, acho que sentiria vergonha. Mas tive de pensar muito nisso, e agora acho que talvez não. Eu faria qualquer coisa para tirar o Fonny da cadeia. Nunca encontrei nenhuma vergonha aqui, a não ser uma vergonha como a minha, a não ser a vergonha das senhoras negras que dão um duro danado, que me chamam de filha, e a vergonha das orgulhosas porto-riquenhas, que não entendem o que aconteceu — ninguém que fala com elas sabe espanhol — e que sentem vergonha por terem pessoas que amam na prisão. Mas estão erradas em se sentir envergonhadas. As pessoas responsáveis por essas prisões é que deviam sentir vergonha.
E não tenho vergonha do Fonny. Tenho mais é orgulho. Ele é um homem. Pelo jeito que aguentou essa merda toda, dá para ver que é um homem de verdade. Às vezes, confesso, fico com medo porque ninguém pode aguentar toda essa merda que jogam sem parar em cima de nós. Mas, então, a gente tem que de algum modo erguer a cabeça para encarar o dia seguinte. Se a pessoa pensa muito para a frente, se até mesmo *tenta* pensar muito para a frente, nunca vai chegar lá.

Tem dias que volto para casa de metrô, outros dias pego o ônibus. Hoje fui de ônibus porque leva um pouco mais de tempo e tenho muita coisa na cabeça.

O fato de estar com um problema tem um efeito engraçado na cabeça da gente. Não sei se consigo explicar. A gente passa uns dias em que parece ouvir as pessoas e parece conversar com elas e parece estar fazendo seu trabalho, ou pelo menos o trabalho é feito; mas não viu nem ouviu ninguém, e se te perguntarem o que fez naquele dia, vai ter que pensar um pouco antes de responder. Mas, ao mesmo tempo, e naquele dia mesmo — isso é que é difícil de explicar —, a gente vê as pessoas de uma maneira que nunca viu antes. Elas brilham igual a uma navalha. Talvez seja porque vemos as pessoas de um modo diferente do que víamos antes de o problema começar. Talvez a gente pense mais nelas, e de uma maneira diferente, e isso faz com que pareçam muito estranhas. Talvez a gente esteja apavorada e abobalhada porque não sabe se ainda pode contar com alguém para ajudar em alguma coisa.

E, mesmo se quisessem fazer alguma coisa, o que podiam fazer? Não posso dizer para todo mundo no ônibus: "Olhem, o Fonny está metido numa encrenca, está na cadeia". Podem imaginar o que iam me dizer nesse ônibus se soubessem, dito por mim, que amo alguém que está preso? E sei que ele nunca cometeu nenhum crime e é uma boa pessoa: "Por favor, me ajudem a tirar ele de lá". Podem imaginar o que qualquer um nesse ônibus ia dizer? O que *você* diria? Não posso dizer: "Vou ter um bebê, e também estou com medo, e não quero que nada aconteça com o pai do bebê, não deixem ele morrer na prisão, por favor, ah, por favor!". Não podemos dizer isso. O que significa que não podemos dizer nada. Ter um problema quer dizer que você está só. Você senta, olha pela janela e se pergunta se vai passar o resto da vida indo e voltando naquele ônibus. E, se for, o que vai acontecer com seu bebê? O que vai acontecer com o Fonny?

E se algum dia você gostou da cidade, não gosta mais. Se eu escapar dessa, se nós escaparmos dessa, juro que nunca mais ponho os pés em downtown.

Talvez eu gostasse, muito tempo atrás, quando papai costumava trazer a mana e eu aqui para ver as pessoas e os edifícios: ele dizia o nome dos lugares mais importantes, podíamos parar no Battery Park para tomar sorvete e comer cachorro-quente. Eram dias gloriosos e nós estávamos sempre felizes — mas por causa do nosso pai, não por causa da cidade. Era por saber que papai nos amava. Agora, posso dizer, porque não tenho a menor dúvida, que a cidade não nos amava. Olhavam para nós como se fôssemos zebras — e, você sabe, algumas pessoas gostam de zebras e outras não. Mas ninguém nunca pergunta o que a zebra acha.

É verdade que não conheço muitas outras cidades, só Filadélfia e Albany, mas juro que Nova York deve ser a cidade mais feia e suja do mundo. Deve ter os edifícios mais feios e os moradores mais desagradáveis. Com certeza tem os piores policiais. Se existe algum lugar pior, deve ser tão perto do inferno que dá para sentir o cheiro das pessoas sendo fritas. E, pensando bem, esse é exatamente o cheiro de Nova York no verão.

Conheci o Fonny nas ruas desta cidade. Eu era pequena, ele nem tanto. Eu tinha uns seis anos, ele uns nove. A família dele morava do outro lado da rua, a mãe, duas irmãs mais velhas e o pai, que tomava conta de uma alfaiataria. Hoje, olhando para trás, não sei bem *quem* ele pensava ter como freguês na alfaiataria: não conhecíamos ninguém que tivesse dinheiro para fazer roupas num alfaiate — bem, talvez uma vez na vida, outra na morte. Mas não acredito que *nós* fôssemos capazes de sustentar o negócio dele. Obviamente, como já me disseram, os negros não eram tão pobres quanto na época em que mamãe e papai se conheceram. Não eram tão pobres quanto tinham sido no Sul. Mas sem dúvida éramos pobres e continuamos a ser pobres.

Eu nunca tinha reparado no Fonny até o dia em que brigamos depois da aula. Na verdade, essa briga não teve nada a ver com o Fonny e comigo. Eu tinha uma amiga chamada Geneva, uma menina atrevida e esporrenta, com trancinhas nos cabelos bem grudadas na cabeça, joelhos ossudos e cinzentos, pernas compridas e pés grandes. Ela estava sempre inventando moda. É claro que era minha melhor amiga, porque eu nunca inventava moda nenhuma. Como eu era magricela e assustada, seguia a Geneva e acabava envolvida em *todas* as merdas dela. De fato, nenhuma outra pessoa me queria e, evidentemente, ninguém também queria *ela*. Bem, a Geneva dizia que não suportava o Fonny. Ficava enojada só de olhar para ele. Sempre me dizia como ele era feio, com a pele igual a uma casca de batata crua e úmida, olhos de chinês, aquele monte de cabelo crespo, lábios grossos e pernas tão tortas que tinham calos nos tornozelos. A bunda dele era tão saltada que sua mãe devia ser uma gorila. Eu concordava com ela porque precisava, mas na verdade não achava que ele era tão ruim. Até que gostava dos olhos dele e, para ser franca, pensava que, se as pessoas na China tinham olhos assim, eu não me importaria de ir para lá. Eu nunca tinha visto um gorila, por isso sua bunda me parecia perfeitamente normal e, pensando bem, na realidade nem era tão grande quanto a da Geneva; e só muito mais tarde é que notei que ele tinha, sim, as pernas um pouco tortas. Mas a Geneva encrencava com o Fonny o tempo todo. Acho que ele nem reparava nela. Estava sempre ocupado demais com seus amigos, os piores garotos do quarteirão. Eles sempre apareciam na rua com as roupas rasgadas, sangrando, todos machucados. Pouco antes dessa briga, o Fonny tinha perdido um dente.

 O Fonny tinha um amigo chamado Daniel, um garoto negro e grande, que não gostava da Geneva tanto quanto ela não gostava do Fonny. Nem lembro como começou, mas, no final, o Daniel jogou a Geneva no chão, e os dois rolaram enquanto eu tentava tirar o Daniel de cima dela e o Fonny me puxava. Dei meia-volta e atingi o Fonny com a única coisa que consegui pegar numa lata de lixo. Era só um pedaço de pau, mas tinha um prego na ponta. O prego raspou a bochecha dele, rasgou a pele e o sangue começou a pingar. Eu não podia acreditar no que via, fiquei muito apavorada. O Fonny pôs a mão no rosto, olhou para mim, depois olhou para sua mão, e a única coisa que fiz foi jogar o pau no chão e sair correndo. O Fonny correu atrás de mim e, para piorar as coisas, a Geneva viu o sangue e começou a gritar, dizendo que eu havia matado ele, matado ele! O Fonny me alcançou num instante, me agarrou bem firme e cuspiu em mim através do buraco onde antes ficava seu dente. Cuspiu bem na minha boca, o que me deixou muito *humilhada*, porque ele não tinha me dado um soco, nem me machucado, talvez por eu ter adivinhado a razão de ele não ter feito nada disso. Aí comecei a gritar e chorar. É engraçado. Talvez minha vida tenha mudado naquele momento em que o Fonny cuspiu na minha boca. A Geneva e o Daniel, que tinham criado a confusão toda e não sofreram nem um arranhão, começaram a gritar comigo. A Geneva disse que eu havia matado ele, sim, matado mesmo: as pessoas pegavam tétano e morriam por causa de um prego enferrujado. E o Daniel concordou; ele sabia porque tinha um tio lá no lugar onde nasceu que havia morrido por causa disso. O Fonny ficou ouvindo tudo enquanto o sangue pingava e eu chorava. Por fim, deve ter se dado conta de que falávamos sobre ele e de que era um homem — ou garoto — morto, porque também começou a chorar e foi levado pelo Daniel e pela Geneva, que o carregavam entre eles, me deixando ali sozinha.

Não vi o Fonny por alguns dias. Eu tinha certeza de que ele havia pegado tétano e estava morrendo; e a Geneva disse que, assim que ele morresse, o que podia acontecer a qualquer minuto, a polícia viria me buscar e me poria na cadeira elétrica. Fiquei observando a alfaiataria, mas tudo parecia normal. O sr. Hunt estava lá, com sua pele marrom-clara, rindo e passando calças; contava piadas para todo mundo que estivesse na loja, e sempre havia alguém por lá, embora a sra. Hunt só aparecesse às vezes. Ela era evangélica da Igreja Pentecostal Santificada em Cristo, uma mulher que não sorria muito, mas, de qualquer forma, nenhum dos dois agia como se o filho estivesse morrendo.

Por isso, sem ver o Fonny por alguns dias, esperei até que a loja parecesse vazia, com o sr. Hunt sozinho, e fui até lá. O sr. Hunt sabia quem eu era, todos se conheciam no quarteirão.
"Oi, Tish", ele disse. "Como vai? E a família?"
Respondi: "Tudo bem, sr. Hunt". Queria dizer: "Como vai a *sua* família?", o que *sempre* costumava dizer e planejava dizer, mas não pude.
"Como vai na escola?", ele perguntou depois de algum tempo, e achei que me olhava de um jeito bem estranho.
"Ah, tudo legal", eu disse, e meu coração começou a bater tanto que parecia que ia pular para fora do peito.
O sr. Hunt baixou aquela espécie de tábua de passar roupa dupla das alfaiatarias, me encarou por um tempo, riu e falou: "Acho que meu garotão metido a sabido vai voltar daqui a alguns dias".
Ouvi o que ele disse, e compreendi alguma coisa; mas não sabia bem se tinha compreendido.
Caminhei até a porta da loja, como se fosse embora, e então dei meia-volta e falei: "O que foi que o senhor disse?".
O sr. Hunt ainda sorria. Abriu o aparelho de passar roupas, virou a peça que estava lá dentro e disse: "Fonny. A mãe mandou ele passar uns tempos com o pessoal lá no campo. Ela acha que ele está se metendo em muita encrenca por aqui".
Pressionou de novo o aparelho.
"Ela acha que lá o Fonny não se mete em encrenca." Então me encarou e sorriu. Quando fiquei conhecendo melhor o Fonny e o sr. Hunt, entendi que o Fonny tinha herdado o sorriso dele. "Ah, vou dizer a ele que você passou por aqui", disse o sr. Hunt.
Eu disse: "Dê lembranças minhas pra toda a família, sr. Hunt", e atravessei a rua correndo.
Geneva, sentada nos degraus da frente do meu prédio, disse que eu parecia uma idiota e que quase tinha sido atropelada.

Parei e disse: "Você é uma mentirosa, Geneva Braithwaite. O Fonny não pegou tétano e não vai morrer. E eu não vou ser presa. Vai lá e pergunta pro pai dele". E Geneva me olhou de um jeito tão estranho que subi correndo os degraus da entrada e continuei a correr escada acima, e fui me sentar na saída para a escada de incêndio, mas perto da janela, onde ela não podia me ver. Fonny voltou uns quatro ou cinco dias depois, e veio até os degraus da frente do prédio. Não tinha nenhuma cicatriz. Trouxe dois donuts. Sentou no meu degrau e disse: "Desculpe ter cuspido na sua cara".

Eu disse: "Desculpe ter batido com o pau em você".

E então nos calamos. Ele comeu seu donut, eu comi o meu.

As pessoas não acreditam no que pode acontecer com meninos e meninas daquela idade, não acreditam em muita coisa e estou começando a saber por quê. Mas aí ficamos amigos. Ou, talvez, e é realmente a mesma coisa — o que as pessoas também não querem saber —, fiquei sendo a irmãzinha dele, e ele meu irmão mais velho. Ele não gostava das irmãs que tinha e eu não tinha nenhum irmão. Assim, cada um passou a ser o que faltava ao outro.

Geneva ficou aborrecida comigo e deixou de ser minha amiga; embora, talvez, pensando melhor, e sem saber na época, eu é que deixei de ser amiga *dela*; porque aí — e sem saber o que isso significava — eu passei a ter o Fonny. O Daniel ficou aborrecido com o Fonny, chamou ele de bichinha por andar com meninas, e deixaram de ser amigos por muito tempo. Chegaram até a brigar, e o Fonny perdeu outro dente. Acho que qualquer um que visse o Fonny naqueles tempos teria certeza de que ele terminaria sem um único dente na boca, e lembro que falei que ia pegar a tesoura da mamãe lá em cima e matar o Daniel, mas o Fonny disse que eu era só uma menina e não tinha nada a ver com aquilo.

O Fonny tinha que ir à igreja aos domingos — isso quer dizer que tinha *mesmo* que ir —, embora conseguisse tapear sua mãe com mais frequência do que ela imaginava, ou queria se dar ao trabalho de saber. Sua mãe — também fiquei conhecendo ela melhor mais tarde, e vamos falar sobre isso depois —, como eu disse, era da Igreja pentecostal e, se não era capaz de salvar o marido, estava decidida a salvar seu filho. Porque era o filho *dela*, e não *deles*.

Acho que por isso o Fonny era tão ruim. E acho que por isso, quando a gente o conhecia de perto, ele era uma pessoa realmente simpática, um sujeito realmente gentil com um toque de tristeza. Mas só dava para saber tudo isso depois de conhecer ele muito bem. O sr. Hunt, Frank, não queria ter o filho só para si, mas o amava — ainda o ama. As duas irmãs mais velhas não eram exatamente beatas, mas até que podiam ter sido, porque certamente puxaram à mãe. Assim, só sobravam Frank e Fonny. De certo modo, Frank tinha Fonny durante toda a semana e Fonny tinha Frank durante toda a semana. Como ambos sabiam disso, Frank podia ceder Fonny à mãe nos domingos. O que Fonny fazia na rua era igualzinho ao que Frank fazia na alfaiataria e em casa: ser ruim. É por isso que ele se agarrou à loja tanto quanto pôde. É por isso que, quando Fonny chegava em casa sangrando, Frank podia cuidar dele; é por isso que os dois, pai e filho, podiam me amar. Isso não chega a ser um mistério, embora seja sempre um mistério quando se trata de gente. Eu costumava me perguntar, mais tarde, se o pai e a mãe do Fonny alguma vez tinham transado. Perguntei ao Fonny, e ele disse:

"Transam, mas não como eu e você. Eu costumava ouvir os dois. Ela chegava da igreja toda suada e com o maior cecê. Fingia estar tão cansada que mal conseguia se mexer, caindo na cama sem tirar a roupa — talvez só tivesse forças pra tirar os sapatos. E o chapéu. E sempre jogava a bolsa em algum lugar.

Ainda me lembro daquele barulho, uma coisa pesada e cheia de moedas batendo no chão quando ela deixava cair a bolsa. Ouvia ela dizer: 'O Senhor certamente abençoou minha alma esta noite. Meu querido, quando é que você vai entregar sua vida ao Senhor?'. E, garota, juro que ele estava deitado ali, ficando de pau duro, e me desculpe, mas a condição dela não era muito diferente, porque, entende, aquilo era como dois gatos de rua que a gente ouve num beco. Porra, a gata vai chiar e miar até que as coisas melhorem, vai pegar aquele gato, vai fazer ele correr pelo beco *todo* até morder ela no pescoço — a essa altura ele só vai querer mesmo é dormir, mas ela não para de reclamar e ele tem que fazer aquilo parar, e só tem um jeito, que é mordendo o pescoço dela —, e aí ela pegou o gato. Por isso, papai ficava deitado lá, nu, com o pau cada vez mais duro, e dizia: 'Acho que está na hora do Senhor entregar a vida *dele* a *mim*'. E ela dizia: 'Ah, Frank, deixa eu te levar até o Senhor'. E ele dizia: 'Não sacaneia, mulher, eu vou levar o Senhor até *você*. Eu sou o Senhor'. E ela começava a chorar e a gemer: 'Ah, meu Senhor, me ajuda a ajudar esse homem. Foi o Senhor que me deu ele. Não posso fazer nada. Ah, meu Senhor, me ajude'. E ele dizia: 'O Senhor vai te ajudar, querida, quando você for uma menininha outra vez, nua como uma menininha. Vamos, vem pro Senhor'. E ela começava a chorar e pedir por Jesus Cristo enquanto ele tirava as roupas dela — eu podia ouvir as roupas sendo arrancadas e jogadas no chão, às vezes tropeçava nelas quando passava pelo quarto deles de manhã a caminho da escola — e, quando deixava ela nua e trepava em cima, minha mãe continuava a gritar: 'Ai, Jesus, me ajuda, me ajuda, Senhor!'. E papai dizia: 'Agora você está com o Senhor, aqui mesmo. Onde quer que ele te abençoe? Onde dói? Onde quer que as mãos do Senhor toquem em você? Aqui? Ou aqui? Onde quer a língua dele? Onde quer que o Senhor entre em você, sua vagabunda suja, sua negra burra? Vagabunda. Sua puta'. E dava uns tapas nela, fortes, que estalavam bem alto. E ela dizia: 'Ah, meu Senhor, me ajude a carregar minha cruz'. E ele dizia: 'Toma, querida, vai carregar direitinho, sei que vai. Jesus é seu amigo, vou te avisar quando ele chegar. Pela primeira vez. Não sabemos quando vai ser a segunda vez. Por enquanto'. E a cama tremia, ela gemia, gemia, gemia. E, de manhã, era como se nada tivesse acontecido. Ela estava igual ao que sempre fora, ainda pertencia a Jesus Cristo. E ele saía pra loja."

E aí o Fonny disse: "Se não fosse por mim, acho que o gato teria se mandado. Ela sempre amou o papai porque ele não me abandonou". Nunca vou esquecer da cara do Fonny quando falava sobre o pai.

O Fonny se virava para mim, me abraçava, ria e dizia: "Você lembra muito a minha mãe, sabe? Agora vamos cantar juntos, pecadora. Você ama nosso Senhor? E se eu não te ouvir gemendo, vou saber que você não foi salva".

Acho que não é muito frequente que duas pessoas possam rir e transar, transar porque estão rindo, rir porque estão transando. O riso e o amor vêm do mesmo lugar: mas pouca gente vai lá.

O Fonny me perguntou num sábado se eu iria com ele à igreja na manhã de domingo e eu disse que sim, embora não devêssemos frequentar uma igreja pentecostal, porque minha família era batista. Mas, àquela altura, todo mundo sabia que o Fonny e eu éramos amigos, era simplesmente um fato. Na escola, e em todo o quarteirão, nos chamavam de Romeu e Julieta, mas não porque tivessem lido a peça. E lá veio o Fonny, com a maior cara de infeliz, o cabelo alisado e brilhando, o repartido no meio tão marcado que parecia ter sido feito com uma machadinha ou uma navalha, vestindo o terno azul. A mana me vestiu, e lá fomos nós. Pensando bem, era como se fosse nossa primeira saída como namorados. A mãe dele esperava lá embaixo. Foi pouco antes da Páscoa, por isso não estava nem frio nem quente.

Como éramos ainda crianças, é claro que eu nem podia sonhar em afastar o Fonny da mãe dele ou coisa parecida; mas, embora na verdade ela não o amasse e só pensasse que devia amá-lo porque tinha posto ele no mundo, a sra. Hunt não gostava de mim. Eu sabia disso por uma série de coisas, como, por exemplo, o fato de que quase nunca ia à casa do Fonny, mas ele vivia na minha; e não porque Fonny e Frank não me quisessem na casa deles. Era porque a mãe e as duas irmãs não me queriam lá. Como entendi mais tarde, elas não achavam que eu era suficientemente boa para o Fonny — o que na verdade significava que não achavam que eu era suficientemente boa para *elas*. Além disso, achavam que eu talvez fosse exatamente o que Fonny merecia. Bem, minha pele é escura, meus cabelos são normais e não tenho nada de muito especial — nem o Fonny se dá ao trabalho de fingir que sou bonita, diz apenas que as garotas bonitas são um tremendo pé no saco.

Quando diz isso, sei que está pensando na mãe dele — é por isso que, quando ele quer me sacanear, diz que eu lembro sua mãe. Não lembro a mãe dele em nada, e ele sabe disso, mas também sabe que eu sei quanto ele a amava: quanto queria amá-la, ter a permissão de amá-la, ter esse desejo compreendido.

A sra. Hunt e as meninas têm a pele clara; e dá para ver que a sra. Hunt foi uma garota muito bonita lá em Atlanta, onde nasceu. E ainda tem aquele ar, aquele jeito de não me toque que as mulheres bonitas levam até o túmulo. As irmãs não eram tão bonitas quanto a mãe e, obviamente, não foram moças em Atlanta, mas tinham a pele clara e cabelos compridos. O Fonny é mais claro que eu, mas muito mais escuro que elas, e nem toda a brilhantina que ela passava no cabelo dele aos domingos fazia seu cabelo ficar liso.

O Fonny realmente tinha puxado ao pai: então, a sra. Hunt me deu um sorriso muito paciente quando ele me levou até a calçada naquela manhã de domingo.

"Estou muito feliz de você ir conosco à casa do Senhor, Tish", ela disse. "Você está bem bonita nesta manhã!"

A maneira como disse aquilo me *fez entender* qual era a minha aparência todas as manhãs, como eu era de verdade.

Eu disse: "Bom dia, sra. Hunt", e saímos andando.

Era uma rua típica de domingo. Nossas ruas mudam de um dia para o outro, e até de uma hora para a outra. Onde nasci, e onde vai nascer meu filho, você dá uma olhada na rua e quase pode ver o que está acontecendo dentro das casas. Por exemplo, três da tarde de sábado é uma hora muito ruim. As crianças já chegaram da escola. Os homens já chegaram do trabalho. Você poderia imaginar que o resultado disso seria um encontro muito feliz, mas não é assim. As crianças ficam olhando os homens. Os homens ficam olhando as crianças. E isso quase enlouquece as mulheres que estão cozinhando, limpando, alisando os cabelos — e veem o que os homens não veem. Você pode ver isso nas ruas; pode ouvir isso no modo como as mulheres gritam para chamar os filhos. Você pode ver isso na maneira como elas descem as escadas e saem dos prédios correndo — como se fugissem de uma tempestade —, dando uns tapas na criança e levando-a aos empurrões para cima; pode ouvir isso nas crianças; pode ver isso no jeito como os homens, ignorando tudo aquilo, se juntam de pé em frente a uma grade para bater papo, sentam na barbearia e passam uma garrafa de mão em mão, caminham até o bar da esquina, mexem com a moça que serve no balcão, se metem em brigas e, mais tarde, só pensam em foder. As tardes de sábado são como uma nuvem muito carregada pouco antes de cair o temporal.

Mas, nas manhãs de domingo, as nuvens já se foram, a chuvarada causou seu estrago e passou. Qualquer que tenha sido o estrago, todo mundo agora está limpo. As mulheres, de alguma forma, conseguiram arrumar tudo, pôr as coisas em ordem outra vez. Por isso, estão todos bem limpinhos, cheirosos, escovados e engomados. Mais tarde, vão comer carne de porco, miúdos, galinha frita ou assada com inhame, arroz, salada, broa de milho ou biscoitos. Vão voltar para casa, discutir, se abraçar: alguns homens aos domingos lavam os carros com mais cuidado do que lavam seus prepúcios. Descendo a rua naquela manhã de domingo, com o Fonny ao meu lado como um prisioneiro e a sra. Hunt do outro lado como uma rainha passeando em seus domínios, foi como atravessar um parque de diversões. Mas agora acho que foi só por causa do Fonny — ele não disse uma palavra — que tudo pareceu um parque de diversões.

Ouvimos os pandeiros da igreja a um quarteirão de distância. "Bem que eu queria trazer seu pai à casa do Senhor numa dessas manhãs", disse a sra. Hunt. Aí ela me olhou: "Qual igreja você costuma frequentar, Tish?".

Bem, como eu disse, somos batistas. Mas não vamos à igreja com muita frequência — talvez no Natal ou na Páscoa, dias assim. Mamãe não ia com a cara das mulheres que frequentavam aquela igreja e vice-versa. E papai não via razão para correr atrás do Senhor porque não parecia ter muito respeito por Ele.

Respondi: "Vamos à Igreja Batista Abissínia", e olhei para as rachaduras na calçada.

"É uma igreja bem simpática", disse a sra. Hunt, como se aquilo fosse o melhor que tinha a dizer sobre a igreja, embora certamente não fosse muita coisa.

Eram onze da manhã. Os serviços estavam começando. Na realidade, as aulas de religião para os jovens tinham início às nove, e o Fonny devia estar na igreja àquela hora; mas, naquela manhã de domingo, ele tinha recebido uma dispensa especial por minha causa. A verdade também é que a sra. Hunt era meio preguiçosa e não gostava de acordar cedo para se certificar de que o Fonny comparecia às aulas de religião. Lá não havia ninguém para admirar seu corpo cuidadosamente asseado e bem vestido, a alma branca como a neve. Frank não ia acordar e mandar o Fonny para a igreja, enquanto as irmãs não queriam sujar as mãos com o irmãozinho de cabelo crespo. Por isso, suspirando fundo e louvando o Senhor, a sra. Hunt teria de acordar e vestir o Fonny. Mas, é claro, se ela não o levasse pela mão para as lições dominicais, ele em geral não ia. E, muitas vezes, aquela mulher se sentia muito feliz na igreja sem ter ideia do paradeiro de seu único filho homem: "Se a Alice não quer se chatear com alguma coisa", me disse o Frank muito tempo depois, "ela deixa nas mãos do Senhor".

A igreja tinha sido uma agência dos correios. Não sei como o prédio foi vendido, ou por que, pensando bem, alguém poderia querer comprá-lo, uma vez que ainda parecia uma agência dos correios — comprido, escuro, de teto baixo. Derrubaram algumas paredes, puseram alguns bancos, letreiros com o nome da igreja e os horários dos serviços; mas o teto era feito com um metal enrugado horrível, que pintaram de marrom ou deixaram sem pintura. Ao entrar, via-se o púlpito, que parecia muito distante. Para dizer a verdade, acho que os fiéis que estavam lá ficavam bem orgulhosos de que a igreja fosse tão grande e que, de alguma maneira, eles tivessem conseguido se apoderar do prédio. Claro que eu estava (mais ou menos) acostumada com a Abissínia, que era mais clara e tinha uma galeria. Eu costumava ficar na galeria, sentada no colo de mamãe. Sempre me lembro de uma canção, "Uncloudy Day". Estou de volta àquela galeria, no colo de mamãe. Toda vez que ouço "Blessed Quietness", penso na igreja do Fonny e na mãe dele. Não que a canção ou a

igreja fossem tranquilas. Mas não me lembro de ter ouvido alguma vez aquela música na nossa igreja. Sempre vou associar aquela canção à igreja do Fonny, porque, quando a cantaram naquela manhã de domingo, a mãe dele ficou feliz. Observar as pessoas ficarem felizes e se submeterem ao poder do Senhor é sempre uma coisa interessante de se ver, mesmo que a gente veja isso o tempo todo. Mas as pessoas em geral não ficam felizes na nossa igreja: somos mais respeitáveis, mais civilizados do que aqueles que se dizem santificados. Ainda acho uma coisa muito assustadora, mas talvez seja porque o Fonny odiava aquilo.
A igreja era tão larga que tinha três corredores. Ao contrário do que a gente pode imaginar, é muito mais difícil achar o corredor central do que quando só existe um bem no meio. É preciso ter um bom instinto para encontrar. Entramos na igreja e a sra. Hunt nos levou direto para o corredor que ficava mais à esquerda, de modo que todo mundo dos outros dois corredores teve que se voltar para nos ver. E, francamente, éramos dignos de ser vistos. Lá estávamos: eu, negra, de pernas compridas num vestido azul, com o cabelo alisado e enfeitado com uma fita azul; o Fonny, que segurava minha mão, com cara de sofredor, usando uma camisa branca, terno azul, gravata azul, os cabelos reluzindo desesperadamente, nem tanto por estarem empapados de vaselina mas por causa do suor no couro cabeludo; e a sra. Hunt, que, de algum modo, sei lá como, a partir do momento em que atravessou as portas da igreja, foi tomada por um amor austero pelos dois pagãozinhos e nos levou à frente dela para o trono de Deus. O vestido dela era rosa ou bege, não me lembro ao certo, mas brilhava naquele ambiente sombrio. Usava um daqueles chapéus pavorosos que as mulheres costumavam usar, com um véu que terminava na altura das sobrancelhas ou do nariz, e que sempre fazem a pessoa parecer doente. Usava tam-

bém sapatos de salto alto, que faziam um ruído semelhante ao disparo de uma pistola, e mantinha a cabeça bem erguida numa postura de nobreza. Ela estava salva desde o momento em que pisou na igreja, santificada da cabeça aos pés, e lembro até hoje como me fez tremer, de repente, lá dentro de mim. Era como se você não tivesse a esperança de dizer nada a ela, mas nada mesmo, sem antes consultar Deus — e Ele iria checar com ela antes de te responder. O trono de Deus: ela nos levou até a primeira fila e nos fez sentar diante dele. Ela nos fez sentar, mas se ajoelhou, caiu de joelhos na frente do banco e curvou a cabeça, cobrindo os olhos mas se certificando de que não ia fazer uma cagada com aquele véu. Dei uma olhada na direção do Fonny, mas ele não me olhava. A sra. Hunt se levantou, encarou toda a congregação por um instante e então, modestamente, se sentou.

Alguém estava dando seu testemunho, um rapaz de cabelos avermelhados, que dizia que o Senhor tinha lavado todas as manchas de sua alma e expulsado a lascívia de sua carne. Anos mais tarde, eu ainda o via por lá. Chamava-se George; eu costumava vê-lo sacudindo a cabeça nos degraus da frente de algum prédio ou no meio-fio; morreu de overdose. A congregação reagiu com um coro de améns, e uma beata gorda no púlpito, com uma longa túnica branca, deu um pulo e soltou um gritinho. Todos urraram: "Ajuda ele, Jesus Cristo, meu Senhor, ajuda o menino!". Na hora em que ele se sentou, outra carola se levantou e começou a cantar: *How did you feel when you come out the wilderness, leaning on the Lord?* Ela se chamava Rose, e pouco depois desapareceu da igreja para ter um filho — mas ainda me lembro da última vez que a vi, quando eu tinha uns catorze anos, andando pela rua sob a neve com o rosto todo marcado, as mãos inchadas, um farrapo em volta da cabeça, as meias caindo pelas pernas, cantando para si mesma. Então o Fonny me olhou por um segundo. A sra. Hunt cantava e batia palmas. E a congregação parecia pegar fogo.

Aí comecei a observar outra beata, sentada ao lado do Fonny, mais escura e menos bonita que a sra. Hunt mas igualmente bem vestida, que jogava as mãos para o alto e gritava: "Santificado! Santificado! Santificado! Bendito seja o vosso nome, Jesus! Bendito seja o vosso nome, Jesus!". E a sra. Hunt também começou a gritar, parecendo que respondia a ela — como se fosse uma competição. A tal mulher usava um vestido azul-escuro, azul-marinho, e um chapéu que combinava em matéria de cor, mas daquele tipo que fica grudado na cabeça e que tinha, espetado nele, uma rosa branca que se mexia a cada vez que a dona se mexia, que se curvava para a frente toda vez que ela se curvava. A rosa branca dava a impressão de ser uma espécie estranha de luz, especialmente porque a mulher era muito escura e o vestido que usava também. Fonny e eu ficamos ali sentados entre as duas, imóveis, enquanto as vozes da congregação cresciam à nossa volta, cresciam sem piedade. Nós dois não nos tocávamos nem nos olhávamos, mas um dava apoio ao outro, como crianças num barco agitado por águas revoltas. Nos fundos havia um menino que vim a conhecer mais tarde, chamado Teddy, um garoto gordo de pele marrom, com as coxas, as mãos, a bunda e os pés grandes, que mais parecia um cogumelo virado de cabeça para baixo. Ele começou a cantar: *Blessed quietness, holy quietness.*
What assurance in my soul, cantou a sra. Hunt.
On the stormy sea, cantou a mulher mais escura do outro lado do Fonny.
Jesus speaks to me, cantou a sra. Hunt.
And the billows cease to roll, cantou a mais escura.
Teddy tocou o pandeiro, o que serviu como sinal para o pianista. Nunca o conheci: um negro escuro alto e de cara malvada, com mãos de estrangulador; e com aquelas mãos ele atacou o teclado como se estivesse estourando os miolos de alguém

de quem se lembrava. Sem dúvida, a congregação também tinha suas recordações, e baixou ali uma loucura total. A igreja começou a trepidar. E abalou também a mim e ao Fonny, embora eles não soubessem, e de uma forma muito diferente. Agora, sabíamos que ninguém nos amava; ou, agora, sabíamos quem nos amava. E quem nos amava não estava lá.

É engraçado ver em que a gente se agarra para suportar o terror quando está cercado por ele. Acho que vou lembrar para sempre da rosa branca da senhora negra. De repente, naquele lugar horroroso, a rosa parecia ter ficado bem de pé, e então peguei a mão do Fonny — não sabia que tinha feito isso. E, ao nosso lado, de uma hora para outra, as duas mulheres estavam dançando e gritando — a dança sagrada. A mulher com a rosa mantinha a cabeça para a frente e a rosa girava velozmente em volta da cabeça dela, de nossas cabeças, enquanto a mulher com o véu mantinha a cabeça para trás: o véu, agora bem acima de sua testa, de fato emoldurando a testa, parecia um jorro de água escura, nos batizando e borrifando a mulher. As pessoas se moviam ao nosso redor para dar espaço às duas, que foram dançar no corredor central. Elas não largavam as bolsas. Ambas usavam sapatos de salto alto.

Fonny e eu nunca voltamos a uma igreja. Nunca conversamos sobre nossa primeira saída como namorados. Só que, quando fui visitá-lo na cadeia pela primeira vez, subindo aquelas escadarias e atravessando aqueles salões, foi como se entrasse numa igreja.

Agora que falei ao Fonny sobre o bebê, sabia que tinha que falar com mamãe e com a mana — que se chama Ernestine e é quatro anos mais velha que eu —, além de falar com papai e

Frank. Desci do ônibus e fiquei na dúvida se andava alguns quarteirões na direção oeste, para a casa do Frank, ou um quarteirão na direção leste, para minha casa. Mas me sentia tão esquisita que achei melhor ir para casa. Realmente queria contar antes ao Frank do que à minha mãe. Mas não achei que poderia andar tanto. Mamãe é uma mulher meio estranha — é o que as pessoas dizem —, e tinha vinte e quatro anos quando eu nasci, por isso agora já passa dos quarenta. Devo dizer que amo minha mãe. Acho que é uma mulher bonita. Pode não ser bonita de se ver, seja lá que *porra* é isso, neste reino dos cegos. Está começando a engordar um pouco. Os cabelos vão ficando grisalhos, mas só da nuca para baixo, e no centro da cabeça. Assim, só se percebem os cabelos brancos se ela curva a cabeça ou se vira de costas — e Deus sabe que ela não costuma fazer nenhuma dessas duas coisas. Se está encarando a gente, é preto com preto. Chama-se Sharon. Já foi cantora e nasceu em Birmingham; conseguiu escapar daquele pedaço do inferno aos dezenove anos, fugindo com uma banda itinerante, mais especificamente com o baterista. Isso não funcionou, pois, como ela diz:

"Não sei se cheguei a amar ele de verdade. Eu era bem moça, e agora acho que era ainda mais moça do que devia ser com aquela idade. Se é que entende o que eu quero dizer. De qualquer jeito, não era mulher o suficiente para ajudar aquele homem, para dar o que ele precisava."

Cada qual seguiu para um lado, e ela, imagine só, foi parar logo em Albany, trabalhando como garçonete. Tinha vinte anos e se deu conta de que, apesar da boa voz, não era cantora; que viver como cantora exige muito mais do que ter uma boa voz. Isso significava que estava perdidona. Sentiu que afundava, como um bocado de gente à sua volta. E Albany não é exatamente uma dádiva de Deus para gente preta.

35

Na verdade, não acho os Estados Unidos uma dádiva de Deus para ninguém — se é, os dias de Deus devem estar contados. O Deus que estas pessoas dizem servir — e *de fato* servem de maneiras que desconhecem — tem um péssimo senso de humor. A vontade é dar uma puta duma surra nele, se Ele fosse homem. Ou se *eu* fosse.

Em Albany, ela conheceu Joseph, meu pai, num ponto de ônibus. Ela tinha acabado de largar o emprego, e ele também. Ele é cinco anos mais velho que ela, e tinha trabalhado como carregador de malas no terminal rodoviário. Ele vinha de Boston e era marinheiro de profissão, mas ficou empacado em Albany principalmente por causa de uma mulher mais velha com quem estava saindo e que não concordava com suas viagens marítimas. Quando mamãe apareceu na estação de ônibus, com sua malinha de papelão e seus olhos grandes e assustados, as coisas estavam acabando entre ele e a tal mulher — Joseph não gostava de terminais rodoviários. Era o tempo da Guerra da Coreia e ele sabia que, se não voltasse logo para o mar, seria convocado pelo Exército, e *isso* certamente não o apetecia. Como às vezes acontece na vida, tudo se deu ao mesmo tempo — e lá estava Sharon.

Ele diz, e acredito, que sabia que não a perderia de vista desde o momento em que a viu se afastar do guichê e se sentar sozinha num banco, olhando ao redor. Ela tentava dar a impressão de ser durona e tranquila, mas tinha cara de estar apavorada. Ele diz que sentiu vontade de rir, mas, ao mesmo tempo, alguma coisa no olhar amedrontado dela lhe deu vontade de chorar.

Aproximou-se dela e não perdeu tempo.

"Me desculpe, senhorita. Vai pra cidade?"

"Quer dizer pra Nova York?"

"É, senhorita, pra cidade de Nova York."

"Vou", ela respondeu, encarando-o.

"Eu também vou", ele disse, decidindo ir naquele exato minuto e sabendo que tinha dinheiro suficiente para comprar a passagem. "Só que não conheço a cidade muito bem. Você conhece?"

"Não, não muito bem", ela disse, parecendo mais assustada do que nunca, porque não tinha ideia de quem podia ser aquele maluco ou o que ele queria. Ela havia estado em Nova York algumas vezes com seu baterista.

"Olha, tenho um tio que mora lá e que me deu um endereço", ele disse. "Será que você sabe onde fica?" Ele mal conhecia Nova York, porque costumava fazer suas viagens partindo de San Francisco, por isso deu a mamãe um endereço inventado na hora. Ela ficou ainda mais nervosa, porque era algum lugar perto de Wall Street.

"É, conheço, mas não sei se algum negro vive por lá." Não ousou dizer àquele doido que *ninguém* vivia lá, que não havia merda nenhuma lá a não ser cafés, armazéns e prédios de escritórios. "Só gente branca", ela disse, tentando ver para onde podia correr.

"Está certo", ele disse, "meu tio é branco", e se sentou ao lado dela.

Ele precisava ir até o guichê para comprar a passagem, mas tinha medo de que, caso se afastasse, ela fosse desaparecer. Quando o ônibus chegou, ela se pôs de pé. Ele também se levantou, pegou sua mala e disse: "Me permita", segurando-a pelo cotovelo e caminhando até o guichê, de modo que ela ficasse a seu lado enquanto comprava a passagem. Não havia nada que ela pudesse fazer, a menos que começasse a gritar pedindo ajuda; e, de qualquer modo, não podia impedi-lo de pegar o ônibus. Tinha a esperança de bolar alguma coisa antes de chegarem a Nova York.

Bom, essa foi a última vez que papai viu aquele terminal e a última vez que carregou a bagagem de um desconhecido.

Obviamente, ao chegarem a Nova York, ela não se livrou dele, que também não parecia ter a menor pressa de encontrar o tio branco. Na cidade, ele a ajudou a achar uma pensão, indo depois para a Associação Cristã de Moços. E foi apanhá-la no dia seguinte para tomarem o café da manhã. Dentro de uma semana tinha se casado com ela e voltado para o mar, enquanto mamãe, um pouco abobalhada, se dedicou ao ofício de viver.

Acredito que ela vai receber bem a notícia do bebê, assim como minha irmã Ernestine. Papai pode até se aporrinhar com isso, mas só porque não conhece sua filha tão bem quanto mamãe e Ernestine. Bom. Ele vai se preocupar também de outra forma, vai demonstrar mais.

Ninguém estava em casa quando finalmente cheguei ao último andar, onde fica nosso apartamento. Moramos lá há uns cinco anos, e não é um apartamento ruim em se tratando de um conjunto habitacional. Depois de muito procurar, Fonny e eu estávamos planejando reformar um estúdio lá no East Village. Parecia melhor para nós porque não tínhamos condição de morar num conjunto habitacional; o Fonny odeia esses lugares e não teria espaço para ele trabalhar nas suas esculturas. Os outros locais no Harlem eram até piores que os conjuntos habitacionais. A gente nunca é capaz de começar uma vida nova nesses lugares, fica sempre lembrando deles, e nunca ia querer criar um filho lá. Mas dá até para pensar, quando a gente vê quantas crianças *são* criadas nesses lugares, com ratos do tamanho de gatos, baratas do tamanho de camundongos, farpas do tamanho do dedo de um homem, e que de um jeito ou de outro conseguem sobreviver. Nem é bom pensar nas que não conseguem. E, para dizer a verdade, tem sempre alguma coisa muito triste naquelas crianças que conseguiram ou estão conseguindo sobreviver.

Eu estava em casa fazia menos de cinco minutos quando mamãe entrou. Ela carregava uma sacola de compras e usava o que eu chamo de seu chapéu de compras, que é uma espécie de boina mole e bege.

"Como vai minha menininha?", perguntou, ao mesmo tempo que sorria e me lançava um olhar afiado. "Como vai o Fonny?"

"Igual. Está bem. Mandou um beijo."

"Bom. Você viu o advogado?"

"Hoje não. Tenho que ir na segunda, você sabe, depois do trabalho."

"Ele foi ver o Fonny?"

"Não."

Ela suspirou e tirou o chapéu, pondo em cima do aparelho de TV. Peguei a sacola de compras e fomos para a cozinha. Mamãe começou a guardar as coisas.

Fiquei encostada na pia, observando seus movimentos. Depois, por um instante, tive medo e senti o estômago embrulhado, mas me dei conta de que estou no terceiro mês, eu *tenho* que contar. Ainda não aparece nada, mas qualquer dia desses mamãe vai me lançar outro olhar daqueles.

E então, de repente, meio encostada, meio sentada ali, observando-a — ela examinou com uma expressão crítica um frango antes de guardá-lo na geladeira, mas estava cantarolando baixinho, do jeito que a gente cantarola quando a cabeça está concentrada em alguma coisa, alguma coisa dolorosa, que está para aparecer a qualquer momento, prestes a te atingir —, eu subitamente tive a sensação de que ela já sabia, estava sabendo o tempo todo, e só vinha esperando que eu lhe contasse.

Eu disse: "Mamãe?".

"Sim, minha menina?", ainda cantarolando.

Mas eu não disse nada. Por isso, passado um minuto, ela fechou a geladeira e se voltou para me olhar.

Comecei a chorar. Era o modo como ela me olhava. Ela ficou parada ali algum tempo. Depois veio, pôs a mão na minha testa e pousou a outra no meu ombro. E disse: "Vem pro meu quarto. Seu pai e sua irmã estão chegando daqui a pouco".

Fomos para o quarto, sentamos na cama e mamãe fechou a porta. Não encostou em mim. Só ficou sentada, imóvel. Como se precisasse estar muito tranquila porque eu tinha desmoronado. Ela disse: "Tish, escuta bem. Não acho que você tem nenhuma razão pra chorar". Mexeu-se um pouco. "Contou ao Fonny?"

"Acabei de contar, hoje mesmo. Achei que tinha que contar primeiro pra ele."

"Fez bem. E aposto que ele só ficou rindo à toa, não foi?"

Dei uma olhada de relance na direção dela e ri.

"Foi mesmo. Foi o que ele fez."

"Você deve estar, vejamos, com uns três meses?"

"Quase."

"Está chorando por quê?"

Então me tocou, me abraçou e me embalou — e eu chorei. Buscou um lenço e assoou meu nariz. Foi até a janela e assoou o dela.

"Agora, escuta", ela disse, "você já tem muita coisa na cabeça pra se preocupar com essa história de que não é uma boa menina e toda essa merda. Espero que eu tenha criado você melhor que isso. Se você não fosse uma boa menina, não estaria sentada nesta cama, e há muito tempo estaria sendo comida pelo diretor de alguma prisão."

Ela voltou para a cama e se sentou. Parecia estar vasculhando a cabeça à procura das palavras certas.

"Tish, nós chegamos aqui faz muito tempo e o homem branco não deu nenhum pregador pra abençoar a gente antes de termos nossos filhos. E você e o Fonny estariam juntos agora, casados ou não, se não fosse por causa desse mesmo maldito homem branco. Por isso, deixa eu te dizer o que você precisa fazer. Tem que pensar no bebê. Tem que se agarrar a esse bebê, e não se importar com o que mais pode acontecer ou não. Você tem que fazer isso. Ninguém pode fazer isso por você. E nós todos, bom, nós vamos te amparar. E vamos conseguir tirar o Fonny da cadeia. Sei que é difícil, mas não se preocupe. E esse bebê é a melhor coisa que aconteceu até hoje com o Fonny. Ele precisa desse bebê. Vai dar um bocado de coragem a ele."

Pôs um dedo debaixo do meu queixo, um truque que ela usa às vezes, e olhou no fundo dos meus olhos, sorrindo.

"Está me entendendo bem, Tish?"

"Sim, mamãe. Estou, sim."

"Agora, quando seu pai e Ernestine chegarem em casa, vamos nos sentar em volta da mesa e *eu* vou fazer o anúncio à família. Acho que vai ser mais fácil, não acha?"

"Sim. Vai, sim."

Ela se levantou da cama.

"Tira essa roupa da rua e fica deitada um pouco. Eu venho te buscar."

Abriu a porta.

"Mamãe? Mamãe?"

"Sim, Tish?"

"Obrigada, mamãe."

Ela riu. "Bom, Tish, minha filha, não sei por que está me agradecendo, não fiz nada de mais."

Ela fechou a porta, e ouvi que foi para a cozinha. Tirei o casaco e os sapatos e me deitei na cama. Era aquela hora em que escurece e os barulhos da noite começam.

A campainha soou. Ouvi mamãe gritar: "Já estou indo!", mas ela entrou no quarto outra vez. Trazia um copinho com um pouco de uísque.

"Vamos. Senta. Bebe isso. Vai te fazer bem."
Ela então fechou a porta às suas costas, e ouvi o ruído dos seus saltos pelo corredor que leva à porta da frente. Era papai, ele estava de bom humor, ouvi a risada dele.
"Tish já chegou?"
"Está tirando uma soneca lá dentro. Está um trapo."
"Viu o Fonny?"
"Sim, viu o Fonny, sim. Esteve lá na prisão. Por isso falei pra ela se deitar."
"E o advogado?"
"Vai ver na segunda."
Papai fez um grunhido; ouvi a porta da geladeira ser aberta e fechada. Pegou uma cerveja.
"Onde está a Ernestine?"
"Chega daqui a pouco. Teve que trabalhar até mais tarde."
"Quanto é que você acha que esses malditos advogados vão nos custar até que isso tudo acabe?"
"Joe, você sabe muito bem que não adianta me perguntar essa porra."
"Está bem. Esses filhos da puta sempre se dão bem."
"Amém!"
A essa altura, mamãe já havia se servido de um pouco de gim com suco de laranja e estava sentada à mesa na frente de papai. Ela balançava o pé, pensando no que tinha pela frente.
"Como foram as coisas hoje?"
"Tudo bem."
Papai trabalha no cais. Parou de viajar. *Tudo bem* significa que provavelmente não precisou xingar mais do que uma ou duas pessoas ao longo do dia, nem ameaçar alguém de morte.
Fonny deu à mamãe uma de suas primeiras esculturas. Há quase dois anos. Tem algo nela que sempre me faz pensar no papai. Mamãe pôs a escultura sobre uma mesinha na sala, sem

mais nada em volta. Não é muito alta e foi feita em madeira escura. Representa um homem nu com uma mão na testa e a outra quase escondendo o pênis. As pernas são bem compridas e afastadas; um dos pés parece ter sido plantado, incapaz de se mover, e a figura toda transmite uma sensação de tormento. Parece muito estranho que aquilo tenha sido feito por um rapaz tão novo, ou pelo menos parece estranho até que se pense mais no assunto. O Fonny costumava frequentar uma escola vocacional onde ensinam os meninos a fazer todos os tipos de coisas inúteis e de má qualidade, como mesas de jogo, pufes e cômodas que ninguém nunca vai comprar — porque, afinal, quem é que compra móveis feitos à mão? Os ricos não compram. Dizem que os meninos são burros e que, por isso, devem aprender a trabalhar com as mãos. Aqueles meninos não são burros. Mas as pessoas que administram essas escolas querem ter a certeza de que eles não vão ficar espertos: estão de fato ensinando os meninos a serem escravos. O Fonny não caiu nessa e se mandou, carregando quase toda a madeira da oficina. Levou quase uma semana, as ferramentas num dia, a madeira no outro; mas a madeira é que foi o problema, porque não dá para enfiar no bolso ou debaixo do casaco; por fim, ele e um amigo invadiram a escola à noite, quase esvaziaram a oficina e carregaram a madeira no carro do irmão do amigo. Esconderam parte dela no porão de um zelador bonzinho, e o Fonny trouxe as ferramentas para minha casa, e uma parte da madeira ainda está debaixo da minha cama.

    O Fonny tinha descoberto alguma coisa que podia fazer, que queria fazer, e isso salvou ele da morte que está esperando para se apossar de todas as crianças da nossa idade. Embora a morte tomasse muitas formas diversas, embora as pessoas morressem cedo de maneiras bem diferentes, ela própria era bem simples e a causa também era simples, tão simples quanto uma peste: foi dito às crianças que elas não valiam merda nenhuma, e tudo o que viam ao redor comprovava isso. Elas lutavam, lutavam, mas caíam como moscas, e se juntavam como moscas nos montes de lixo que eram suas vidas. Eu talvez tenha me agarrado ao Fonny, talvez o Fonny tenha *me* salvado porque ele era o único garoto que eu conhecia que não usava agulhas, não bebia vinho barato, não assaltava os transeuntes e não invadia lojas — e nunca alisou o cabelo, que ficou sempre crespo. Começou a trabalhar como cozinheiro num barzinho que servia carne grelhada, pois assim tinha o que comer, e encontrou um porão onde podia esculpir madeira e passava mais tempo na nossa casa do que na dele.

Na casa dele sempre tinha briga. A sra. Hunt não suportava o Fonny, o jeito dele, e as duas irmãs tomavam o partido da mãe, especialmente porque agora estavam metidas numa baita encrenca. Elas foram criadas para se casar, mas ninguém por perto era digno delas. Na verdade, não passavam de moças normais do Harlem, apesar de terem chegado a cursar o City College. Mas absolutamente nada estava acontecendo com elas no City College — nadinha: os negros com diplomas não as queriam; os que queriam mulheres pretas queriam que fossem pretas mesmo; e os que queriam mulheres brancas queriam que fossem brancas mesmo. Por isso, eram carta fora do baralho, e punham toda a culpa no Fonny. Em meio às preces da mãe, que mais pareciam maldições, e às lágrimas das irmãs, que mais pareciam orgasmos, o Fonny não tinha a menor chance. Frank também não era páreo para aquelas três megeras. Só se irritava, e dá para imaginar a gritaria que se ouvia naquela casa. E Frank tinha começado a beber. Não o culpo. Às vezes ele também vinha à nossa casa fingindo que procurava pelo Fonny. Era muito pior para ele do que para o Fonny; e ele perdeu a alfaiataria, teve que ir trabalhar numa fábrica de roupas. Começou a depender do Fonny agora, assim como o Fonny tinha dependido dele. De qualquer modo, nenhum dos dois, como você pode ver, tinha outra casa para onde pudesse ir. Frank frequentava bares, mas o Fonny não gostava de bares.

A mesma paixão que salvou o Fonny fez com que ele se encrencasse e fosse para a cadeia. Porque, veja bem, ele havia descoberto seu centro, seu próprio centro, dentro dele: e isso era visível. Ele não era o preto de ninguém. E isso é um crime na porra deste país livre. Supõe-se que você seja o preto de *alguém*. E se você não for o preto de alguém, então você é um preto mau: e foi isso que os policiais decidiram quando o Fonny se mudou para downtown.

Ernestine chegou, ossuda como sempre. Ouvi sua voz caçoando o papai.

Ela trabalha com crianças num abrigo em downtown — crianças de até catorze anos, mais ou menos, de todas as cores, meninos e meninas. É um trabalho muito duro, mas ela gosta — se não gostasse, acho que não seria capaz de fazer aquilo. As pessoas são engraçadas. Quando pequena, Ernestine era supervaidosa. Sempre enrolava os cabelos, os vestidos estavam sempre limpos, e não saía da frente da porra daquele espelho, como se não pudesse acreditar que era tão bonita. Eu odiava Ernestine. Como era quase quatro anos mais velha que eu, ela não achava que eu merecesse atenção. Brigávamos como cão e gato, ou melhor, como duas cadelas.

Mamãe tentava não se preocupar muito com isso. Ela achava que a mana — *eu* a chamava assim para não usar seu nome, e também, talvez, para chamar sua atenção — tinha vocação para ser artista e acabaria num palco. Esse pensamento não a alegrava tanto, mas ela, minha mãe, Sharon, era obrigada a se lembrar que já tinha tentado ser cantora no passado.

45

De repente, parece mesmo que da noite para o dia, tudo mudou. A mana ficou alta, alta e magra. Começou a usar calças, prender o cabelo e ler, como se todos os livros fossem desaparecer no dia seguinte. Quando eu voltava da escola, lá estava ela lendo, enroscada num sofá ou deitada no chão. Parou de ler jornais. Parou de ir ao cinema. "Chega de engolir as mentiras de merda desses homens brancos", ela dizia. "Eles já foderam com minha cabeça o suficiente." Mas, ao mesmo tempo, não ficou dura nem desagradável, e não falava sobre o que lia, pelo menos durante um período. Passou a ser mais simpática comigo. E seu rosto começou a mudar. Ficou mais ossudo e mais fechado. Muito mais bonito. Seus olhos compridos e estreitos escureceram com o que quer que ela estivesse começando a ver.

Abandonou o plano de cursar a universidade e trabalhou durante algum tempo num hospital. Lá conheceu uma menininha que estava morrendo e que, aos doze anos, já era viciada em drogas. E não era negra. Era porto-riquenha. Foi quando Ernestine passou a trabalhar com crianças.

"Onde está a Jezebel?"

A mana começou a me chamar de Jezebel depois que arranjei o emprego na seção de perfumes da loja de departamentos onde trabalho agora. A loja achou que era bem ousado, bem progressista, dar essa função a uma moça negra. Fico atrás da porra do balcão o dia inteiro, sorrindo até meus dentes de trás doerem, deixando que as velhas e cansadas senhoras cheirem as costas da minha mão. A mana fala que eu chego em casa mais perfumada que qualquer puta da Louisiana.

"Já chegou. Está descansando."

"Está bem?"

"Cansada. Foi ver o Fonny."

"Como é que o Fonny está levando a coisa?"

"Levando."

"Meu Deus. Deixa eu preparar um drinque pra mim. Quer que eu cozinhe?"
"Não, vou pro fogão daqui a pouquinho."
"Ela viu o sr. Hayward?"
Arnold Hayward é o advogado. A mana encontrou ele para mim através do pessoal do abrigo, que, afinal de contas, tem que lidar com essa gente.
"Não. Vai ver na segunda, depois do trabalho."
"Você vai com ela?"
"Acho melhor ir."
"É, também acho. Papai, acho melhor parar de beber tanta cerveja, você está ficando do tamanho de um barril. E vou telefonar pra ele do trabalho, antes de vocês chegarem lá. Velho, quer uma pingada de gim nessa cerveja?"
"Põe aqui do lado, minha querida, antes que eu me levante…"
"De pé! Aqui!"
"… E te dê uma boa surra! Você tem que prestar atenção quando a Aretha canta 'Respect'. Você sabe, a Tish acha que esse advogado quer mais dinheiro."
"Papai, pagamos o que ele pediu como honorários, por isso é que não compramos nenhuma roupa. E sei que temos que pagar as despesas. Mas não faz sentido que ele receba mais *dinheiro* até que o Fonny seja julgado."
"Ele diz que é um caso complicado."
"Foda-se. Pra que servem os advogados?"
"Pra ganhar dinheiro", disse mamãe.
"Bom. Alguém falou com os Hunt ultimamente?"
"Não querem saber de nada, você sabe disso. A sra. Hunt e aquelas duas camélias estão com vergonha. E o pobre do Frank não tem um tostão."
"Bom. Melhor não falarmos muito disso na frente da Tish. Vamos dar um jeito."

"Merda. Temos que dar um jeito. O Fonny é como se fosse da família."

"Ele *é* da família", disse mamãe.

Acendi as luzes no quarto de mamãe para eles saberem que eu estava acordada, e me olhei no espelho. Dei uma ajeitada no cabelo e fui para a cozinha.

"Bem", disse a mana, "não posso dizer que seu cochilo tenha feito grande coisa pela sua aparência, mas *admiro* sua perseverança."

Mamãe disse que, se quiséssemos comer, seria melhor levarmos nossas bundas para fora de sua cozinha. E então nos dirigimos à sala.

Sentei no pufe, apoiada no joelho de papai. Eram sete horas, a rua estava muito barulhenta. Me senti tranquila após meu longo dia, o bebê começava a se tornar real para mim. Não quer dizer que não fosse real antes, mas agora, de certo modo, eu estava sozinha com ele. A mana tinha deixado as luzes bem baixas. Pôs um disco do Ray Charles e sentou no sofá.

Fiquei ouvindo a música e os sons da rua, enquanto a mão de papai pousava de leve sobre meus cabelos. E tudo parecia conectado — os sons da rua, a voz e o piano do Ray, a mão de papai, a silhueta de minha irmã, os ruídos e as luzes vindos da cozinha. Era como se fôssemos um quadro, aprisionado no tempo: aquilo vinha acontecendo havia centenas de anos, pessoas sentadas numa sala, esperando pelo jantar e ouvindo uma canção melancólica. E era como se meu bebê estivesse aos poucos se formando a partir desses elementos — dessa paciência, do toque de papai, dos ruídos de mamãe na cozinha, da luz tênue, de como a música sublinhava tudo, do movimento da cabeça de Ernestine ao acender um cigarro, do gesto de sua mão ao deixar cair o fósforo no cinzeiro, das vozes indistintas que subiam da rua, de toda aquela raiva e da tristeza permanente mas de alguma forma triunfante. Pensei se ele teria os olhos do Fonny. Como alguém havia pensado, afinal não fazia tanto tempo assim, sobre os olhos de Joseph, meu pai, cuja mão continuava pousada em minha cabeça. O que me chocou de repente, mais do que tudo, foi uma coisa que eu sabia mas que ainda não tinha me dado conta: era um filho meu e do Fonny, nós fizemos ele juntos, dentro dele tinha nós dois. Eu não conhecia muito bem nenhum de nós. O que seria uma combinação de ambos? Mas, de algum modo, isso me fez pensar no Fonny e me fez sorrir. Papai acariciou minha testa. Pensei no toque do Fonny, ele em meus braços, sua respiração, seus carinhos, seu cheiro, seu peso, aquela presença bonita e terrível me penetrando e sua respiração ficando presa, como se por um fio dourado, mais e mais fundo na garganta à medida que ele cavalgava mais e mais longe, não tanto dentro de mim, mas num reino que se abria além de sua vista. Era assim que ele trabalhava a madeira. Era assim que ele trabalhava a pedra. Se eu nunca tivesse visto como ele trabalhava, talvez nunca soubesse que me amava.

É um milagre saber que alguém te ama.

"Tish?"

Ernestine, fazendo um gesto com o cigarro.

"Oi."

"Que horas você vai ver o advogado na segunda?"

"Depois da visita das seis. Vou chegar lá pelas sete. Ele diz que tem mesmo que trabalhar até tarde."

"Se ele falar de mais dinheiro, manda me telefonar, entendeu?"

"Não sei pra que isso vai servir. Se ele pedir mais dinheiro é porque quer mais dinheiro..."

"Faz o que sua irmã está dizendo", papai falou.

"Ele não vai falar com você", disse Ernestine, "do jeito que fala comigo, entende?"

"Sim, entendo", eu disse finalmente. Mas, por razões que não consigo explicar, alguma coisa na voz dela me deixou morta de medo. Senti o que vinha sentindo o dia todo, sozinha com meu problema. Ninguém podia me ajudar, nem mesmo a mana. Porque com certeza ela estava decidida a me ajudar, eu sabia disso. Mas talvez eu tenha me dado conta de que ela também estava assustada, apesar de tentar se mostrar calma e durona. Entendi que ela sabia mais daquilo tudo por causa das crianças no abrigo. Queria perguntar a ela como a coisa funcionava. Queria perguntar a ela *se* a coisa funcionava.

Quando estamos só nós quatro, comemos na cozinha, que é talvez o cômodo mais importante na casa, o lugar onde tudo acontece, onde as coisas começam, ganham forma e terminam.

Quando o jantar acabou naquela noite, mamãe foi até o armário e voltou com uma velha garrafa, guardada por anos, de um conhaque francês muito antigo. Vinha de seus tempos de cantora, seus dias com o baterista. Essa era a última, ainda não tinha sido aberta. Pôs a garrafa sobre a mesa, diante de Joseph, e disse: "Abre isso". Pegou quatro copos e ficou lá, de pé, enquanto ele abria. Parecia que Ernestine e Joseph não podiam adivinhar o que se passava na cabeça de mamãe: mas eu sabia o que ela estava fazendo, e meu coração disparou.

Papai abriu a garrafa. Mamãe disse: "Você é o homem da casa, Joe. Pode ir servindo".

As pessoas são engraçadas. Pouco antes de acontecer alguma coisa, a gente quase sabe o que é. Acho que sabemos *mesmo* o que é. Você simplesmente não teve tempo — e depois não vai *mesmo* ter tempo — de dizer para si próprio o que é. O rosto de papai se transformou de uma maneira que não sei descrever. Ficou tão definido como se fosse esculpido em pedra, cada linha e cada ângulo de repente pareciam cortados com um cinzel, os olhos ficaram ainda mais negros. Ele estava esperando — inde-

feso — pelo súbito anúncio do que já sabia, para que aquilo se tornasse realidade e nascesse.
A mana ficou observando mamãe com um olhar muito calmo, seus olhos compridos e estreitos, sorrindo de leve. Ninguém olhou para mim. Então, para eles, eu estava lá, mas de um jeito que nada tinha a ver comigo. Eu estava lá, para eles, como o Fonny estava presente, como meu bebê, que agora, ao sair de um longuíssimo sono, começava a se mexer, a ouvir, a despertar um pouco abaixo do meu coração.
Papai serviu o conhaque e mamãe deu um copo a cada um de nós. Olhou para Joseph, depois para Ernestine, e só então para mim, me lançando um sorriso.
"Isto é um sacramento", ela disse, "e não, não fiquei doida. Vamos beber em homenagem a uma nova vida. Tish vai ter um filho do Fonny." Cutucou Joseph. "Bebe", ela disse.
Papai umedeceu os lábios, me olhando fixamente. Era como se ninguém pudesse falar antes dele. Encarei-o de volta. Não sabia o que ele ia dizer. Joseph descansou o copo sobre a mesa. Voltou a pegá-lo. Estava tentando falar; queria falar, mas não conseguia. E me olhava como se tentasse encontrar alguma coisa no meu rosto que lhe dissesse o que falar. Um estranho sorriso pairava acima de seu rosto, ainda não visível, e ele parecia estar viajando no tempo simultaneamente para a frente e para trás. Ele disse: "Essa é uma puta de uma notícia". Bebeu mais conhaque e perguntou: "E você, Tish, não vai beber em homenagem ao bebezinho?". Engoli um pouco do conhaque, tossi, Ernestine bateu nas minhas costas. Depois me abraçou. Lágrimas corriam pelo rosto dela. Sorriu para mim — mas não disse nada.
"Faz quanto tempo que isso começou?", papai perguntou.
"Uns três meses", disse mamãe.
"É, foi o que calculei", disse Ernestine, me surpreendendo.
"Três meses!", disse papai, como se cinco meses ou dois meses fizessem alguma diferença ou mais sentido.

"Desde março", eu disse. O Fonny tinha sido preso em março.

"Enquanto vocês dois procuravam um lugar para morar e poder se casar", disse papai. Seu rosto estava cheio de perguntas que ele teria sido capaz de fazer a um filho, ou acho que poderia, como homem negro que era. Mas não podia fazer a uma filha. Por um instante, quase fiquei com raiva, mas depois passou. Pais e filhos são uma coisa. Pais e filhas, outra.

Não vale a pena ir muito fundo nesse mistério, que está tão longe de ser simples quanto de ser seguro. Não conhecemos o suficiente sobre nós mesmos. Acho que é melhor saber que não sabemos, desse modo a gente pode crescer carregando o mistério, assim como o mistério cresce dentro da gente. Mas hoje em dia, é claro, todo mundo sabe de tudo, e é por isso que tanta gente está perdida.

Mas eu tinha dúvidas sobre como Frank receberia a notícia de que seu filho, o Fonny, estava prestes a ser pai. Então compreendi que a primeira coisa que todo mundo pensava era: *Mas o Fonny está preso!* Frank ia pensar isso; esse seria seu primeiro pensamento. Frank ia pensar: se acontecer alguma coisa, meu garoto nunca vai ver seu filho. E Joseph pensou: se acontecer alguma coisa, o filho da minha menina não terá um pai. Sim, esse era o pensamento, não dito, que deixava o ar na nossa cozinha pesado. E senti que devia dizer alguma coisa. Mas estava cansada demais. Eu me apoiei no ombro de Ernestine. Não tinha nada a dizer.

"Tem certeza que quer esse bebê, Tish?", papai me perguntou.

"Ah, sim, e o Fonny também quer! É *nosso filho!*", eu disse. "Será que você não entende? Não é culpa do Fonny que ele esteja na prisão, não é que ele fugiu, ou coisa parecida. E..." Só assim eu podia responder às perguntas que ele não havia feito.

"E sempre fomos amigos íntimos desde criança, você sabe disso, e estaríamos casados agora se... se..."
"Seu pai sabe disso", disse mamãe. "Só que está preocupado com você."
"Não vai pensar que não te acho uma boa menina, ou qualquer besteira desse tipo", disse papai. "Só perguntei porque você é tão jovem, é isso, e..."
"É barra-pesada, mas vamos aguentar", disse Ernestine. Ela conhece papai melhor que eu. Acho que é porque, desde quando éramos crianças, pensa que ele talvez goste mais de mim. Não é verdade, e ela sabe disso agora — as pessoas amam pessoas diferentes de modos diferentes —, mas deve ter sido o que lhe pareceu quando éramos pequenas. Eu dou a impressão de não ser capaz de fazer as coisas; ela dá a impressão de que nada é capaz de fazê-la parar. Se a gente passa o ar de ser alguém indefeso, as pessoas reagem de uma forma; se passa o ar de ser alguém forte, ou se chega com ímpeto, as pessoas reagem de outra forma; mas, como a gente não vê o que elas veem, isso pode ser bastante doloroso. Acho que talvez seja por isso que a mana vivia na frente da porra daquele espelho quando éramos meninas. Ela dizia: *Não me importa. Eu sou mais eu.* É claro que isso só fez com que ela parecesse ainda mais forte, que era a última coisa que ela desejava: mas é assim que somos e é por isso que às vezes nos fodemos tanto. Seja como for, ela superou tudo isso. Ela sabe quem é, ou, pelo menos, sabe muito bem o que não é; e como a mana não tem mais medo de que as forças de dentro dela se rebelem, porque aprendeu a usá-las e dominá-las, é capaz de encarar qualquer coisa; por isso, pode interromper quando papai está falando, coisa que eu não posso. Afastou-se um pouco de mim e entregou meu copo. "Levanta a cabeça, minha irmã", ela disse, erguendo seu copo para tocar no meu. "Salvemos as crianças", ela disse baixinho, e esvaziou o copo num só trago.

Mamãe disse: "Ao que vai nascer", e papai disse: "Espero que seja um menino. Aposto que o Frank ia ficar todo bobo". Então olhou para mim. "Você se incomoda, Tish", me perguntou, "se eu contar pra ele?"

Respondi: "Não. Não me importo".

"Então, muito bem!", ele disse com um largo sorriso. "Talvez eu vá lá agora."

"Talvez seja melhor telefonar primeiro", disse mamãe. "Você sabe que ele não fica muito tempo em casa."

"Eu gostaria tanto de contar àquelas irmãs", disse Ernestine.

Mamãe riu e disse: "Joe, por que você não telefona e convida eles pra virem aqui? Puxa, é sábado à noite, não está tarde e ainda sobrou um bocado de conhaque na garrafa. E, agora que pensei nisso, é mesmo a melhor maneira de fazer a coisa".

"Está bom pra você, Tish?", papai perguntou.

"Tem que ser feito", respondi.

Depois de me olhar por alguns instantes, papai ficou de pé e se dirigiu ao telefone da sala. Podia ter usado o que fica na parede da cozinha, mas estava com aquele sorriso de quem tem alguma coisa a resolver e não quer que ninguém se meta na história.

Ouvimos enquanto discava os números. Era o único som na casa. Depois ouvimos o tilintar na outra ponta da linha. Papai limpou a garganta.

"Sra. Hunt? Ah, boa noite, sra. Hunt. Aqui quem fala é Joe Rivers. Gostaria de falar com o Frank, se ele estiver em casa. Obrigado, sra. Hunt."

Mamãe grunhiu e piscou para a mana.

"Oi! Como vai? Sim, é o Joe. Estou bem, cara, levando, sabe como é... Escuta... Ah, sim, Tish viu ele hoje à tarde, cara, ele está bem... É, na verdade temos *muito* pra falar, por isso é que estou ligando. Não dá pra falar no telefone, cara. Escuta.

Tem a ver com todos nós... Sim, escuta. Não vamos perder tempo explicando tudo. Vocês todos tratem de entrar no carro e vir pra cá. É, agora. Isso mesmo. *Agora*... O quê? Olha, cara, eu disse que tem a ver com *todos* nós. Ninguém aqui também está vestindo nada especial, pouco me importa, ela pode vir na porra do *roupão de banho*. Ô cara, cala a boca. Estou tentando ser gentil. Merda. Não precisa ficar puto. Põe ela no banco de trás do carro e vem, *agora mesmo*, cara. É uma *coisa séria*. Traz uma meia dúzia de cerveja, te pago quando chegar aqui. Isso... Olha, dá pra desligar o telefone e se mandar, *se mandarem*, pra cá? Num minuto. Tchau."
  Voltou para a cozinha, sorrindo.
  "A sra. Hunt vai se vestir", ele disse, e se sentou. Então olhou para mim. Sorriu — um sorriso maravilhoso. "Vem cá, Tish, e senta no colo do papai."
  Me senti como uma princesa. Juro que senti. Ele me abraçou, me ajeitou no colo, me beijou na testa e passou a mão nos meus cabelos, de início com força e depois bem de leve. "Você é uma boa menina, Clementine", ele disse. "Tenho orgulho de você, não se esqueça disso."
  "Não vai esquecer", disse Ernestine. "Senão eu dou uns bons tapas na bunda dela."
  "Mas ela está *grávida*!", mamãe gritou antes de tomar um gole do conhaque. Aí caímos todos na risada. O peito de papai sacudiu com as gargalhadas, eu o sentia subir e descer entre meus ombros, e essas gargalhadas continham uma alegria furiosa, um alívio indizível, a despeito de tudo que pairava sobre nossas cabeças. Eu era sua filha, sem dúvida: tinha encontrado alguém que amava e por quem era amada, e ele estava livre e seguro. A criança no meu ventre, afinal de contas, era também a criança *dele*, porque não existiria nenhuma Tish se não tivesse existido um Joseph. Assim, nossas risadas naquela cozinha eram a reação in-

controlável a um milagre. Aquele bebê era nosso bebê, estava a caminho, e a mãozona de papai sobre minha barriga segurava e aquecia o bebê: apesar de tudo que pairava sobre nossas cabeças, àquela criança se prometia segurança. O que havia sido gerado num momento de vertigem, o amor mandava de volta para nós. Ninguém sabia aonde isso nos levaria: mas agora meu pai, Joe, estava pronto. De um jeito mais mortal e mais profundo do que suas duas filhas, aquela criança era uma semente vinda de suas entranhas. E nenhuma faca o tiraria a vida até que aquela criança nascesse. Quase tive a impressão de que a criança sentia isso, aquela criança que ainda não se mexia — quase senti que ela se lançava contra a mão de papai, empurrando minhas costelas. Algo em mim cantou, cantarolou, e então senti um tremendo enjoo e deixei tombar a cabeça sobre o ombro de papai. Ele me segurou. Fez-se um grande silêncio. A náusea passou.

Sharon assistia a tudo, sorrindo, balançando o pé, pensando mais à frente. Piscou de novo para Ernestine.

"Vamos nos vestir pra receber a sra. Hunt?", perguntou Ernestine, se levantando. E todos caímos na risada outra vez.

"Olha, temos que ser gentis", disse Joseph.

"Vamos ser gentis", disse Ernestine. "Deus sabe como seremos gentis. Você *criou* a gente bem. Só nunca comprou roupa *nenhuma* pra nós." E falou para mamãe: "Mas a sra. Hunt e as irmãs, ah, elas têm armários *cheios* de roupas! Não adianta querer competir com elas", disse em tom de fingido desespero, voltando a se sentar.

"Eu nunca tomei conta de uma alfaiataria", disse Joseph, me olhando e rindo.

A primeira vez que Fonny e eu transamos foi estranho. Estranho porque ambos sabíamos que ia acontecer. Não foi bem assim. Nós *não* sabíamos que ia acontecer. De repente, lá estava: e então soubemos que sempre tinha estado lá, esperando. Não tínhamos visto o momento. Mas o momento tinha nos visto, ainda bem de longe — sentado ali, esperando por nós —, bem à vontade, o tal momento, jogando cartas, disparando relâmpagos, fraturando espinhas, esperando ansiosamente por nós, vindo devagar da escola para casa, a fim de comparecer ao nosso encontro.

Olha. No que agora me parece ter acontecido num passado muito distante, joguei água na cabeça do Fonny e lavei as costas dele numa tina. Juro que não me lembro de ver seu pênis, e no entanto, é claro, devo ter visto. Nunca brincamos de médico, mas eu tinha participado dessa brincadeira terrível com outros meninos e o Fonny com certeza tinha feito o mesmo com outras meninas — e meninos. Não me lembro de termos nenhuma curiosidade pelo corpo do outro, e isso graças à esperteza daquele momento observador que sabia que estávamos nos aproximando. O Fonny me amava demais, precisávamos demais um do outro. Um fazia parte do outro, a carne de um era a carne do outro, o que significava que nem pensávamos na carne, era uma coisa que nem entrava em discussão. Ele tinha pernas, eu tinha pernas — isso não era tudo que sabíamos, e sim tudo que usávamos. Elas nos permitiam descer e subir as escadas para nos encontrarmos.

Mas isso significava que não havia entre nós nenhuma oportunidade para sentir vergonha. Durante muito tempo eu era lisa como uma tábua, mal tinha quadris, e só agora, por causa do bebê, meus seios estão despontando. Fonny gostava tanto de mim que nem lhe ocorria que me amava. Eu gostava tanto dele que nenhum outro garoto era real para mim. Não os via. Eu não sabia o que isso significava. Mas o momento que esperava, que nos espionava ao longo do caminho e aguardava de tocaia, ele, sim, sabia.

Fonny me deu um beijo de boa-noite quando tinha vinte e um anos e eu dezoito: senti seu pênis me tocar, e ele se afastou. Eu disse boa-noite e corri escada acima, enquanto ele corria escada abaixo. E não pude dormir naquela noite: alguma coisa havia acontecido. E ele não apareceu, não o vi durante duas ou três semanas. Foi quando ele fez a escultura em madeira que trouxe para mamãe. Ele deu a escultura para ela num sábado. Daí saímos de casa e fomos passear. Eu estava tão feliz de vê-lo depois de tanto tempo que quase chorei. E tudo era diferente. Eu caminhava por ruas que nunca tinha visto antes. Aqueles rostos ao meu redor, nunca tinha visto antes. Andamos em silêncio, que era como uma música vinda de todos os lados. Talvez pela primeira vez na minha vida eu me senti feliz e soube que estava feliz. O Fonny segurava minha mão. Como naquela manhã de domingo, muito tempo atrás, quando a mãe dele nos levou à igreja.

Fonny agora não tinha o cabelo repartido — era uma massa compacta cobrindo toda a cabeça. Não vestia um terno azul, na verdade terno nenhum, e sim um velho blusão preto e vermelho de lenhador e uma velha calça de veludo cotelê cinza. Os sapatos pesados estavam esfolados, ele cheirava a cansaço.

Era a pessoa mais linda que eu tinha visto em toda a minha vida.

Caminhava devagar com as pernas longas e arqueadas. Descemos as escadas para o metrô de mãos dadas. O trem, quando veio, estava lotado, e ele me abraçou com jeito protetor. De repente, olhei para o rosto dele. Ninguém consegue descrever isso, na verdade eu nem devia tentar. O rosto do Fonny era maior que o mundo, seus olhos mais profundos que o sol, mais vastos que o deserto, tudo o que tinha acontecido desde o começo dos tempos estava naquele rosto. Ele sorriu: um sorriso ligeiro. Vi seus dentes: vi exatamente onde ficava o dente faltante do dia em que cuspiu na minha boca. O trem balançou. Ele me segurou firme, e um tipo de suspiro que eu nunca tinha ouvido antes foi sufocado dentro dele.

É surpreendente você se dar conta pela primeira vez de que um estranho tem um corpo — a compreensão de que ele tem um corpo o transforma num estranho. Isso significa que você também tem um corpo. Você vai viver com isso para sempre, tal entendimento vai comandar a linguagem de sua vida. E foi absolutamente espantoso me dar conta de que eu era virgem. Eu era mesmo. De repente, me perguntei como. Me perguntei por quê. Mas era porque, sem nunca pensar nisso, eu sempre soube que viveria o resto dos meus dias com o Fonny. Simplesmente não tinha passado pela minha cabeça que pudesse fazer outra coisa na vida. Isso queria dizer que eu não era apenas virgem: ainda era uma criança.

Descemos na estação da Sheridan Square, no Village. Caminhamos na direção leste pela West Fourth Street. Como era sábado, as ruas estavam cheias, como que deformadas pelo peso de tanta gente. A maioria era de jovens, tinham que ser jovens, dava para ver: mas não pareciam jovens para mim. Eles me assustavam, e na época eu não seria capaz de dizer a razão. Achei que era por saberem muito mais que eu. E sabiam. Mas, de uma forma que só agora começo a entender, não sabiam. Estavam à vontade no jeito de andar, nas vozes, nas risadas, nas roupas descuidadas — que eram cópias de uma pobreza tão inimaginável para eles como as deles estavam indizivelmente distantes das minhas. Havia muitos negros e brancos juntos: difícil dizer quem era imitação. Eram tão livres que não acreditavam em nada; e não entendiam que tal ilusão era a única verdade de que dispunham, e que estavam fazendo exatamente o que tinham recebido ordens para fazer.

Fonny olhou para mim. Já passava das seis.

"Tudo bem com você?"
"Tudo. E com você?"
"Quer comer aqui ou quer esperar até a gente voltar para uptown, ou quer ir ao cinema, ou quer tomar um pouco de vinho, ou quer fumar um baseado, ou uma cerveja, ou um café? Ou só quer passear mais um pouco antes de decidir?"
Ele sorria, doce e amoroso, puxando um pouco minha mão e balançando.
Eu estava muito feliz, mas também desconfortável. Nunca tinha me sentido desconfortável com ele antes.
"Vamos primeiro andar no parque." Sei lá por que eu queria ficar algum tempo ao ar livre.
"Está bem." E ainda mantinha aquele sorriso engraçado, como se algo maravilhoso tivesse acabado de acontecer com ele e ninguém no mundo soubesse de nada. Mas ele contaria em breve a alguém, e seria a mim.
Atravessamos a Sexta Avenida, todo tipo de gente nas caçadas de sábado à noite. Mas ninguém olhava para nós porque estávamos juntos e éramos ambos negros. Mais tarde, quando tive de percorrer aquelas ruas sozinha, foi diferente, e sem dúvida eu tinha deixado de ser uma criança.
"Vamos por aqui", ele disse, e começamos a descer a Sexta Avenida na direção da Bleecker Street. Entramos na Bleecker e o Fonny olhou por um momento pela grande janela do San Remo. Não havia ninguém lá que ele conhecesse, e o lugar todo parecia cansado e sem ânimo, como se estivesse se preparando a contragosto para fazer a barba e enfrentar uma noite chatíssima. As pessoas sob aquela luz deprimente eram veteranas de guerras indescritíveis. Continuamos andando. As ruas agora estavam apinhadas de gente, com jovens, brancos e negros, e policiais. Fonny mantinha a cabeça um pouco mais alta, e apertou minha mão com mais força. Muita gente jovem na calçada diante de

um café abarrotado de fregueses. Na vitrola tocava "That's Life", da Aretha. Era estranho. Todo mundo nas ruas se movimentando e falando, como as pessoas fazem em toda parte, porém nada parecia amigável. Havia alguma coisa dura e assustadora naquilo tudo: como algo que parece real mas não é, algo que pode fazer você sair correndo aos gritos. De certo modo, parecia a nossa vizinhança, com os homens e as mulheres de mais idade sentados nos degraus da frente dos prédios, as crianças correndo pelo quarteirão, os automóveis passando devagar em meio à turba, o carro de patrulha estacionado na esquina com dois policiais, outros policiais andando com ar arrogante pelas calçadas. De certo modo, igual ao que se via em uptown, mas faltava alguma coisa ou alguma coisa tinha sido acrescentada, eu não sabia bem: de qualquer forma, a cena me deixava amedrontada. Era preciso caminhar com cuidado, pois toda aquela gente era cega. Levávamos esbarrões, e o Fonny passou o braço pelo meu ombro. Deixamos para trás a Minetta Tavern, atravessamos a Minetta Lane, passamos diante da banca de jornais na esquina seguinte e cruzamos na diagonal para entrar no parque, que dava a impressão de se encolher sob a sombra dos novos e pesados edifícios da Universidade de Nova York e dos prédios residenciais novos e altos a leste e ao norte. Passamos por homens que por gerações jogam xadrez sob a luz dos lampiões, gente passeando com seus cachorros, jovens com cabelos brilhantes e calças muito apertadas, que olhavam rapidamente para o Fonny e resignadamente para mim. Sentamos na beira da fonte seca, de frente para o arco. Havia muita gente à nossa volta, mas eu ainda sentia aquele clima terrivelmente hostil.

"Já dormi neste parque algumas vezes", disse o Fonny. "Não é uma boa ideia." Acendeu um cigarro. "Quer fumar?"

"Agora não." Queria ter ficado algum tempo do lado de fora. Mas agora desejava entrar em algum lugar, me afastar daquela gente, sair do parque. "Por que dormiu no parque?"

"Já era tarde. Não queria acordar meus pais. E não tinha um tostão."

"Podia ter ido pra *nossa* casa."

"Bom, também não queria acordar *vocês*." Guardou de volta o maço de cigarros no bolso. "Mas agora tenho um cantinho aqui perto. Vou te mostrar depois, se quiser ver." Olhou para mim. "Você está ficando com frio e cansada, vou arranjar alguma coisa pra gente comer, está bem?"

"Está bem. Tem dinheiro?"

"Tenho, querida, consegui me virar e arranjei uns trocados. Vamos."

Andamos um bocado aquela noite, porque Fonny me levou para bem longe na direção oeste, atravessando Greenwich e passando pela Penitenciária Feminina, até chegarmos a um pequeno restaurante espanhol onde o Fonny conhecia todos os garçons e todos o conheciam. Eram diferentes daquela gente nas ruas, seus sorrisos eram diferentes, e eu me senti em casa. Era sábado, mas ainda cedo, e nos puseram numa mesinha dos fundos — não como se quisessem que as pessoas não nos vissem, mas como se estivessem satisfeitos por termos ido e quisessem nos manter lá pelo tempo que fosse possível.

Eu não tinha muita experiência em matéria de restaurantes, mas o Fonny, sim. Ele também falava um pouco de espanhol, e pude ver que os garçons tiravam sarro dele por minha causa. Ao ser apresentada ao nosso garçom, Pedrocito — que significava que era o mais jovem —, me lembrei que as pessoas sempre tiravam sarro de nós no quarteirão, chamando-nos de Romeu e Julieta. Mas não daquele jeito.

Às vezes, quando estava de folga e podia encontrá-lo no meio do dia e depois novamente às seis, eu caminhava da Centre Street até Greenwich, e me sentava nos fundos para que eles me dessem comida, e em silêncio e com muito cuidado eles se certificavam de que eu estava me alimentando. Mais de uma vez, Luisito, que havia chegado fazia pouco tempo da Espanha e mal falava inglês, levava a omelete fria que tinha cozinhado e eu não tinha tocado e trazia uma outra, quente, e dizia: "*Señorita?* Por favor. Ele e o *muchacho* precisam de sua força. Ele não vai nos perdoar se deixarmos você morrer de fome. Somos amigos dele. Ele confia em nós. Você também tem que confiar em nós". Me servia um pouco de vinho tinto. "Vinho é bom. *Devagar...*" Eu tomava um gole. Ele sorria, mas não ia embora antes que eu começasse a comer. Então dizia: "Vai ser um menino", ria e se afastava. Me ajudaram a vencer muitos e muitos dias terríveis. Eram as pessoas mais simpáticas que conheci em Nova York: eles se importavam. Quando a coisa se complicou e fiquei pesada, com Joseph, Frank e Sharon trabalhando, e Ernestine na batalha, eles inventavam que tinham alguma coisa para fazer perto da prisão e, como se fosse a coisa mais natural do mundo — que era, para eles —, me levavam de carro até o restaurante e de volta para a visita das seis horas. Nunca vou esquecer daquela gente, nunca: eles sabiam disso.

Mas, naquela noite de sábado, não sabíamos; Fonny não sabia, e estávamos felizes, todos nós. Tomei uma margarita, embora soubéssemos que isso era proibido pela porra da *lei* de bebida para menores de idade, e o Fonny tomou uísque, porque, com vinte e um anos, você tem o direito de beber. As mãos dele são grandes. Pegou as minhas e fez com que elas envolvessem as dele. "Quero te mostrar uma coisa mais tarde", ele disse. Eu não podia dizer de quem eram as mãos que tremiam, de quem eram as que seguravam. "Está bem", respondi. Ele havia pedido *paella*; quando chegou o prato, soltamos as mãos e o Fonny me serviu com toda a delicadeza. "Na próxima vez é você", ele disse. Rimos e começamos a comer. E tomamos vinho. E havia velas na mesa. Outras pessoas chegaram, nos lançando olhares estranhos, mas: "Conhecemos os caras que são os donos do lugar", disse o Fonny. E voltamos a rir, sabendo que estávamos a salvo. Nunca tinha visto o Fonny fora do mundo onde eu circulava. Eu o tinha visto com o pai, a mãe e as irmãs, e também conosco. Mas, ao pensar nisso agora, não tenho certeza de que o tivesse visto realmente *comigo*: não até o momento em que, saindo do restaurante, todos os garçons estavam rindo e falando com ele, em espanhol e em inglês, e o rosto do Fonny se abriu de um modo que eu nunca tinha visto, e aquele riso veio ribombando lá dos seus colhões, dos colhões de *todos eles*, de um jeito que eu certamente nunca tinha visto no mundo onde *ele* circulava. Talvez só aí eu o tenha visto comigo, porque estava virado para o outro lado, rindo, mas segurando minha mão. Era um estranho, porém unido a mim. Nunca o tinha visto com outros homens. Nunca tinha visto o amor e o respeito que os homens podem ter entre si.

Desde então tive tempo para refletir sobre isso. Acho que a primeira vez que uma mulher vê isso — embora eu ainda não fosse uma mulher — é só porque, antes de tudo, ama o homem: de outra forma, não veria. Pode ser uma enorme revelação. E, nestes tempos e lugares fodidos, muitas mulheres, quem sabe a maioria delas, sentem uma ameaça em tal calor e energia. Acho que se sentem marginalizadas. A verdade é que se sentem na presença, por assim dizer, de uma linguagem que não conseguem decifrar e por isso não podem manipular; e, pensem o que quiserem, não estão marginalizadas, e sim aterrorizadas pelo medo de estarem aprisionadas para sempre. Só um homem pode ver no rosto de uma mulher a menina que ela foi. Trata-se de um segredo que só pode ser revelado a um homem em particular, e mesmo assim devido à sua insistência. Mas os homens não têm segredos, exceto com relação às mulheres, e nunca crescem da maneira que as mulheres crescem. É muito mais difícil, e toma muito mais tempo, para um homem crescer, e ele jamais seria capaz de fazê-lo sem as mulheres. Esse é um mistério que pode apavorar e imobilizar uma mulher, e é sempre a chave para sua agonia mais profunda. Ela precisa observar e guiar, mas ele tem que liderar, e o homem sempre parecerá dar mais atenção real a seus companheiros do que a ela. Porém, esse relacionamento ostensivo e ruidoso entre os homens os capacita a lidar com o silêncio e o segredo das mulheres, aquele silêncio e aquele segredo que contêm a verdade de um homem e o liberam. Suponho que a raiz do ressentimento — um ressentimento que oculta um terror infinito — tem a ver com o fato de a mulher ser completamente controlada pelo que a imaginação do homem faz dela — hora após hora, dia após dia; assim ela se torna uma mulher. Mas um homem existe em sua própria imaginação, e nunca pode estar à mercê da imaginação de uma mulher. Seja como for, nestes tempos e lugares fodidos, a coisa toda fica ridícula quando a gente se dá conta de que as mulheres são supostamente mais imaginativas que os homens. Essa é uma ideia bolada por homens, e prova exatamente o contrário. A verdade é que lidar com a realidade dos homens deixa a qualquer mulher muito pouco tempo, ou necessidade, para usar sua imaginação. E você pode se foder gloriosamente se levar a sério a noção de que um homem que não tem medo de confiar em sua imaginação (coisa que eles sempre fizeram) é afeminado. Tudo isso tem muito a ver com este país, porque, naturalmente, se uma pessoa só pensa em ganhar dinheiro, a última coisa que precisa é de imaginação. Ou, na verdade, de mulheres; ou de homens.

"Uma ótima noite, *señorita!*", gritou o patriarca da casa, e lá fomos o Fonny e eu de novo pelas ruas.

"Vem ver meu cantinho", disse Fonny. "Não é longe."

Já devia passar das dez.

"Vamos", respondi.

Na época eu não conhecia o Village — agora conheço —, e tudo se mostrou surpreendente. Onde caminhávamos era muito mais escuro e tranquilo do que na Sexta Avenida. Estávamos perto do rio, éramos as únicas pessoas na rua. Eu teria ficado com medo de andar por ali sozinha. Tinha a sensação de que talvez devesse telefonar para casa, e pensei em dizer isso ao Fonny, mas não disse. O canto dele ficava num porão na Bank Street. Paramos junto a uma grade preta e baixa de metal com pontas. Fonny abriu um portão sem fazer nenhum ruído. Descemos quatro degraus e, virando à esquerda, chegamos a uma porta. Havia duas janelas à direita. Fonny enfiou a chave na fechadura e a porta se abriu para dentro. Havia uma luz fraca e amarelada acima de nós. Fonny me fez passar à sua frente, fechou a porta às nossas costas e me conduziu alguns passos por um corredor estreito e escuro. Abriu outra porta e acendeu a luz.

Era um cômodo pequeno e de teto baixo, com as duas janelas que davam para o portão. Tinha uma lareira. Numa salinha contígua havia uma quitinete e um banheiro. Com chuveiro, sem banheira. No cômodo, um tamborete de madeira, uns dois pufes, uma mesa grande também de madeira e outra pequena. Na mesa pequena, duas latas de cerveja vazias; na grande, as ferramentas. O lugar cheirava a madeira, com tocos espalhados por toda parte. Num canto, via-se um colchão no chão, coberto com uma manta mexicana. Nas paredes, pregados com tachinhas, estavam os esboços a lápis do Fonny e uma foto do Frank.

Passaríamos muito tempo naquele lugar: nossas vidas.

Quando a campainha tocou, Ernestine foi até a porta e a sra. Hunt entrou na frente. Vestia algo que parecia muito elegante, até você olhar melhor. Era marrom, lustroso, feito de um tecido semelhante ao cetim; e, sei lá como, tinha franjas de renda branca na altura dos joelhos, nos cotovelos e, acho eu, na cintura. Usava uma espécie de chapéu com visor, como um balde de carvão de cabeça para baixo, o que tornava seu cenho ainda mais severo.

Ela calçava sapatos de salto alto e vinha engordando. Lutava contra o peso, sem sucesso. Estava assustada: apesar do poder do Espírito Santo. Entrou sorrindo, sem saber bem por quê, ou a quem dirigia o sorriso, fazendo malabarismos, por assim dizer, entre o escrutínio do Espírito Santo e a lembrança indistinta de seu reflexo no espelho. E alguma coisa no modo como entrou e estendeu a mão, alguma coisa naquele sorriso, que pedia perdão ao mesmo tempo que não podia concedê-lo, tornou-a maravilhosa para mim. Era uma mulher que eu nunca tinha visto antes. O Fonny tinha estado em sua barriga. Ela o havia parido.

Atrás dela vinham as irmãs, bem diferentes da mãe. Ernestine, muito animada e calorosa à porta ("A única maneira de ver vocês é convocar uma reunião urgente de cúpula! Assim não dá! Vamos entrando!"), tinha passado a sra. Hunt para a órbita de Sharon, a qual, por sua vez, muito delicadamente a transferiu, não de todo, a Joseph, que me abraçava pela cintura. Alguma coisa na maneira como papai me segurava e alguma coisa no sorriso dele assustaram a sra. Hunt. Mas comecei a ver que ela sempre tinha sido assustada.

Embora fossem irmãs do Fonny, jamais pensei nelas assim. Bem, isso não é verdade. Se não fossem irmãs do Fonny, nunca teria reparado nelas. Por serem irmãs dele e por saber que não gostavam do Fonny, eu as odiava. *Elas não me odiavam*. Não odiavam ninguém, e é isso que havia de errado com elas. Ao entrarem na nossa sala, sorriram para uma legião invisível de amantes desolados, e Adrienne, a mais velha, com vinte e sete anos, e Sheila, com vinte e quatro, saíram de seus caminhos para

serem simpáticas comigo, apesar da minha cara de merda, assim como as missionárias lhes haviam ensinado. Tudo que viram de fato foi aquela mãozona preta que as fez parar, porque papai estava *me* abraçando pela cintura, mas era como se de algum modo as abraçasse também. Não sabiam se desaprovavam sua cor, sua posição ou seu formato: mas sem dúvida desaprovavam seu poder de toque. Adrienne era velha demais para o que estava vestindo, e Sheila moça demais. Atrás delas veio Frank, e papai me soltou um pouco. A sala se encheu de vozes.
O sr. Hunt parecia muito cansado, mas mantinha o velho sorriso. Sentou-se no sofá, perto de Adrienne, e disse: "Quer dizer que você viu hoje meu menino cabeçudo, não foi?".
"Foi. Ele está bem. Mandou um beijo."
"Não estão tratando ele muito mal, estão? Pergunto isso porque, sabe como é, ele pode te dizer coisas que não ia me dizer."
"Segredos amorosos", disse Adrienne, cruzando as pernas e sorrindo.
Não vi nenhuma razão para me virar para Adrienne, pelo menos por enquanto; nem o sr. Hunt, que continuou a me olhar.
Eu disse: "Bem, ele odeia tudo aquilo, dá pra ver. E tem razão. Mas é muito forte. E está lendo e estudando muito". Olhei para Adrienne. "Ele vai ficar bem. Mas temos que tirar ele de lá."
Frank estava prestes a dizer alguma coisa quando Sheila falou, incisiva: "Se ele tivesse lido e estudado quando devia, não estaria lá *dentro*".
Comecei a responder, mas Joseph logo cortou: "Você trouxe as cervejas, meu amigo? Senão eu tenho aqui gim, uísque e conhaque". Ele riu. "Mas não tenho Thunderbird." Voltou-se para a sra. Hunt. "Espero que as senhoras não se importem."
A sra. Hunt sorriu.
"Me importar? Frank nem liga se *nós* nos importamos. Ele vai em frente e faz o que *quer*. Nunca pensou em mais ninguém."

"Sra. Hunt", disse Sharon, "o que posso te oferecer, querida? Posso te servir um chá, um café... E temos sorvete, Coca-Cola..."
"... E Seven-Up", disse Ernestine. "Posso preparar uma batida de sorvete com soda. Vamos, Sheila, você me ajuda? Senta, mamãe. Vamos fazer isso juntas."
Levou Sheila a contragosto para a cozinha.
Mamãe se sentou ao lado da sra. Hunt.
"Meu Deus", ela disse, "o tempo voa mesmo. Não nos vemos desde que começou essa confusão."
"Nem me *fala*! Estou me *matando* de tanto correr pra cima e pra baixo no Bronx, tentando conseguir os *melhores* conselhos em matéria legal com as pessoas pra quem eu trabalhava. Um deles, você sabe, é *vereador*; ele conhece praticamente *todo* mundo e tem *pistolão*. As pessoas *têm* que ouvir ele, você sabe. Mas isso está tomando *todo* o meu tempo, e o médico falou que eu *preciso* ter cuidado, diz que estou sacrificando muito meu coração. Ele diz: 'Sra. Hunt, não se esqueça, por mais que esse rapaz queira a liberdade, ele também quer sua mãe'. Mas não quero nem saber. Não estou preocupada *comigo*. O *Senhor* me protege. Tudo que faço é rezar, rezar e rezar pra que o Senhor ilumine meu menino. É o que peço a Ele, dia e noite. E às vezes penso que talvez este seja o jeito que o *Senhor* encontrou pra fazer com que meu menino pense em seus pecados e entregue sua alma a Jesus..."
"Talvez você tenha razão", disse Sharon. "O Senhor certamente trabalha de forma misteriosa."
"Ah, *sim*!", disse a sra. Hunt. "É mesmo, Ele pode *testar* a gente, mas nunca deixou nenhum de Seus filhos sozinho."
"O que você acha do advogado, o sr. Hayward, que a Ernestine encontrou?", Sharon perguntou.
"Ainda não me encontrei com ele. Simplesmente não tive tempo de ir a downtown. Mas sei que o Frank esteve com ele..."

"O que você achou, Frank?", Sharon perguntou.
Frank deu de ombros. "É um branquelo que fez faculdade de direito e tem lá os seus diplomas. Bem, você sabe. Não preciso te dizer o que isso significa: merda nenhuma."
"Frank, você está falando com uma senhora", disse a sra. Hunt.
"É, eu sei, e é uma mudança muito bem-vinda. Como estava dizendo, não significa porra nenhuma e não sei se vamos ficar com ele. Por outro lado, em matéria de garotos brancos, ele não é tão ruim. Por enquanto não está todo cheio de merda porque ainda tem fome, mas vai ficar mais tarde, quando estiver bem de vida", ele disse a Joseph. "Cara, você sabe, não quero a vida do meu menino nas mãos desses veadinhos brancos filhos da puta. Juro por Deus, prefiro ser queimado vivo. É meu único filho, cara, *meu* único *filho*. Mas estamos todos nas mãos dos homens brancos, e conheço alguns negros metidos a besta em quem eu também não confiaria."
"Mas eu fico tentando dizer a vocês, fico tentando dizer a *você*", gritou a sra. Hunt, "como essa atitude negativa é perigosa! Você está cheio de *ódio*! Se você dá ódio às pessoas, elas te devolvem mais ódio! Cada vez que vejo você falar assim fico de coração partido e temo pelo meu filho, sentado numa masmorra de onde ele só pode sair graças ao amor de Deus. Frank, se você ama seu filho, esquece esse ódio, se livra dele. Vai cair tudo em cima da cabeça do seu filho, vai matar ele."
"Frank não está falando de ódio, sra. Hunt", disse Sharon. "Está simplesmente dizendo a verdade sobre a vida neste país, e é natural que esteja nervoso."
"Eu confio em Deus", disse a sra. Hunt. "Sei que Ele se importa comigo."
"Não sei", disse Frank, "como Deus espera que um homem

se comporte quando seu filho está metido numa encrenca. O *seu* Deus crucificou o filho *Dele*, e provavelmente ficou feliz em se livrar dele, mas eu não sou assim. Não vou sair na rua e beijar o primeiro policial branco que encontrar. Mas vou ser *carinhoso* que nem um babaca no dia que meu filho sair daquele inferno, livre. Vou ser carinhoso que nem um *babaca* quando pegar outra vez seu rosto com minhas mãos, e olhar nos olhos dele. Ah, *nesse dia* vou estar *cheio* de amor pra dar!" Levantou-se do sofá e caminhou até onde estava sua mulher. "E se isso não acontecer, pode apostar que vou arrebentar algumas cabeças por aí. E se você me disser uma palavra sobre esse Jesus que você vem namorando todos esses anos, vou arrebentar primeiro a sua cabeça. Você foi sempre muito boazinha com esse filho da puta branco e judeu, quando devia ter sido era com seu filho."

A sra. Hunt cobriu a cabeça com as mãos, enquanto Frank atravessava devagar a sala e voltava a se sentar.

Adrienne olhou para ele e pareceu que ia começar a falar, mas parou. Eu estava sentada no pufe, perto de papai. Adrienne disse: "Sr. Rivers, qual é exatamente o propósito deste encontro? O senhor não nos chamou aqui só pra ver meu pai insultar minha mãe, né?".

"Por que não?", eu disse. "É sábado à noite. Impossível saber o que as pessoas vão fazer se ficarem chateadas demais. Quem sabe só convidamos vocês pra animar as coisas."

"Posso acreditar", ela disse, "que você seja muito maliciosa. Mas não posso acreditar que seja tão idiota."

"Não te vi nem *duas vezes* desde que seu irmão foi preso", eu disse, "e *nunca* te vi lá na cadeia. O Fonny me disse que te viu uma vez, e você estava com a maior pressa. E aposto que não falou uma palavra sobre o assunto no trabalho, falou? E não falou uma palavra com esses cafetões, esses garotos de programa e essas bichas com quem você anda, falou? E está aí sentada no sofá achando que é melhor que a Elizabeth Taylor, e toda nervosa porque algum branquelo idiota está te esperando em algum lugar, e então você não tem tempo pra saber nada sobre seu irmão." A sra. Hunt me lançou um olhar terrível. Um sorriso frio e amargo encrespou os lábios de Frank, que baixou a cabeça.

Adrienne me encarou de longe, acrescentando mais um ponto tremendamente negativo ao nome do irmão, e finalmente, como eu sabia que ela queria fazer o tempo todo, acendeu um cigarro. Soprou a fumaça com cuidado e delicadeza, parecendo resolver, em silêncio, que *jamais*, por motivo algum, se deixaria cair numa armadilha com pessoas tão indizivelmente inferiores a ela.

Sheila e Ernestine retornaram. Sheila parecia bem amedrontada, Ernestine parecia sombriamente satisfeita. Ernestine serviu o sorvete à sra. Hunt, pôs uma Coca-Cola perto de Adrienne, deu uma cerveja a Joseph, um Seven-Up com gim a Frank, uma Coca-Cola a Sheila, um Seven-Up com gim a Sharon, um conhaque para mim e um uísque com soda para ela. "Feliz aterrissagem", disse alegremente, sentando-se. E todos se sentaram.

Houve então um silêncio engraçado: todos me encaravam. Senti o olhar da sra. Hunt mais malevolente e mais assustado que nunca. Ela estava encurvada para a frente, segurando com força a colher enterrada no sorvete. Sheila parecia estar apavorada. Os lábios de Adrienne se contorceram num sorriso de desprezo e ela se inclinou para a frente para falar, mas a mão de seu pai se ergueu, hostil e ameaçadora, para mantê-la calada. Ela voltou a se recostar. Frank inclinou-se para a frente.

Minha notícia, afinal de contas, era para ele. E, encarando-o, eu disse: "Convoquei esta reunião de cúpula. Pedi ao papai que chamasse vocês todos pra poder contar o que contei esta tarde ao Fonny. Ele vai ser pai. Nós vamos ter um filho".

Os olhos de Frank deixaram os meus para buscar os de papai. Os dois homens se afastaram de nós, imóveis, embora ainda sentados numa cadeira e no sofá: partiram juntos, e fizeram uma estranha viagem. Nela, o rosto de Frank se tornou terrível, no sentido bíblico. Ele estava pegando pedras e as depositando no chão, sua visão sendo forçada a se alongar, para além de horizontes que jamais havia sonhado divisar. Quando voltou, ainda junto com papai, seu rosto estava muito tranquilo. "Eu e você vamos sair e tomar um porre", ele disse para Joseph. Depois se abriu num grande sorriso, quase se parecendo com o Fonny, e continuou: "Estou feliz, Tish. Estou muito feliz".

"E quem vai ser responsável por essa criança?", perguntou a sra. Hunt.

"O pai e a mãe", respondi.

A sra. Hunt me olhou fixamente.

"Pode apostar", disse Frank, "que não vai ser o Espírito Santo."

A sra. Hunt desviou o olhar para Frank, levantou-se e começou a vir em minha direção, andando muito lentamente e dando a impressão de prender a respiração. Eu me levantei e fui para o centro da sala, preservando meu espaço.

"Acho que você chama de amor seu ato de luxúria", ela disse. "Eu não. Sempre soube que você seria a ruína do meu filho. Você tem um demônio dentro do corpo, sempre soube disso. Meu Deus fez com que eu soubesse disso há muitos anos. O Espírito Santo vai fazer com que esse bebê murche dentro do seu ventre. Mas meu filho será perdoado. *Minhas* preces vão salvar ele."

Ridícula e majestosa, ela estava dando um testemunho religioso. Mas Frank riu e, aproximando-se dela, derrubou-a com um tapa com as costas da mão. Sim. Ela caiu no chão, o chapéu deslocado para a parte de trás da cabeça, o vestido repuxado deixando os joelhos à mostra. Frank se postou acima dela. A sra. Hunt não emitiu um som, nem ele.

"O *coração* dela!", murmurou Sharon; e Frank riu de novo. Ele disse: "Acho que vai descobrir que continua batendo. Mas eu não chamaria isso de coração". Virou-se para o papai. "Joe, deixa as mulheres tomarem conta dela e vem comigo." E, como papai hesitou: "Por favor. Por favor, Joe. Vem".
"Vai com ele", disse Sharon. "Vai."
Sheila ajoelhou-se ao lado da mãe. Adrienne apagou o cigarro no cinzeiro e se pôs de pé. Ernestine trouxe álcool do banheiro e se ajoelhou ao lado de Sheila. Derramou álcool no algodão e esfregou nas têmporas e na testa da sra. Hunt, retirando cuidadosamente o chapéu e o entregando a Sheila.
"Vai, Joe", disse Sharon. "Não precisamos de você aqui." Os dois homens saíram, a porta foi fechada atrás deles e agora havia seis mulheres que tinham de lidar umas com as outras, mesmo que por pouco tempo. A sra. Hunt se levantou lentamente e sentou-se numa cadeira. E, antes que ela pudesse falar qualquer coisa, eu disse: "Isso que você me falou foi terrível. A coisa mais horrorosa que ouvi em toda a minha vida".
"Papai não precisava bater nela", disse Adrienne. "Ela tem *mesmo* um coração fraco."
"O que ela tem é a cabeça fraca", disse Sharon. E, dirigindo-se à sra. Hunt: "O Espírito Santo amoleceu seus miolos, mulher. Esqueceu que estava amaldiçoando o neto de Frank? E, claro, também o *meu* neto. Conheço alguns homens e algumas mulheres que arrancariam esse coração fraco do seu peito e iriam felizes para o inferno. Quer um chá ou qualquer coisa? Você devia era tomar um pouco de conhaque, mas vai ver é santificada demais pra isso."
"Não acho que a senhora tem o direito de zombar da fé da minha mãe", disse Sheila.
"Ah, para com essa merda", disse Ernestine. "Você tem tanta vergonha da sua mãe ser uma fanática religiosa, dessas que

dançam e rolam pelo chão, que nem sabe o que fazer. Você não caçoa. Só diz que ela tem 'alma', porque assim as outras pessoas não pensam que está ficando fanática também e veem que *você* é uma moça muito, muito inteligente. Você me dá nojo."

"*Você* me dá *nojo*", disse Adrienne. "Talvez a mamãe não tenha dito exatamente o que *devia* ter dito, afinal está muito perturbada! E tem *mesmo* uma boa alma! E o que vocês, umas pretinhas de merda, *pensam* que têm? Ela só fez uma *pergunta*, na verdade." E levantou a mão para impedir que Ernestine a interrompesse: "Perguntou quem ia criar esse bebê. E *quem* vai? Tish nunca estudou e Deus sabe que ela não tem nada, e o Fonny *nunca* valeu porra nenhuma. Você mesma sabe disso. Então, *quem* vai tomar conta desse bebê?".

"*Eu* vou", respondi, "sua puta de buceta seca. E, se continuar falando, vou tomar conta direitinho é de *você*."

Ela levou as mãos aos quadris, a idiota, e Ernestine se pôs entre nós duas, dizendo com uma voz muito doce: "Adrienne? Queridinha? Posso te dizer uma coisa? Amorzinho? Meu amorzinho querido?". Pousou a mão bem de leve no rosto de Adrienne, que tremelicou mas não se mexeu. Ernestine deixou que sua mão a afagasse. "Ah, minha querida, me apaixonei por seu pomo de adão desde a primeira vez que te vi. Sonho com ele. Entende o que estou dizendo? Quando a pessoa se apaixona por alguma coisa? Você nunca se apaixonou de verdade por nada nem ninguém, não é mesmo? Nunca viu seu pomo de adão se mover, viu? Pois *eu* vi. Estou vendo agora mesmo. Ah, ele é delicioso. Não consigo decidir, queridinha, se quero arrancar ele com meus dedos ou com meus dentes — ai! — ou com uma faca, como a gente tira o caroço de um pêssego. Ele é um *bombonzinho*. Está entendendo o que estou dizendo, querida? Mas se você encostar um dedo na minha irmã, vou ter que decidir correndo. Por isso...", disse, afastando-se de Adrienne, "toca nela. Vamos, por favor. Tire essas correntes do meu coração e me liberte."

"Sabia que não devíamos ter vindo", disse Sheila. "Sabia." Ernestine encarou Sheila até forçá-la a levantar os olhos. Depois, Ernestine riu e disse: "Puxa, Sheila, eu tenho mesmo uma mente suja. Pensei que você ia *dizer* alguma palavra feia". Um ódio sufocante tomou conta da sala. Alguma coisa mais profunda, que não tinha nada a ver com o que estava acontecendo ali. De repente fiquei com pena das irmãs — mas Ernestine não. Ela ficou plantada onde estava, uma das mãos no quadril, a outra largada junto ao corpo, só movendo os olhos. Vestia uma calça cinza e uma blusa velha, o cabelo despenteado e sem nenhuma maquiagem. Sorria sem parar. Sheila parecia incapaz de se manter de pé ou mesmo de respirar, como se quisesse correr para junto da mãe, que não arredava da cadeira. Adrienne, que tinha ancas largas, usava uma blusa branca e uma saia preta com pregas, que ia se alargando em direção à bainha, além de um casaquinho preto, curto e bem justo, e sapatos de salto baixo. Os cabelos, repartidos ao meio, tinham sido presos na nuca com uma fita branca. As mãos não estavam mais nos quadris. Sua pele, de um tom amarelo-amarronzado, tinha se tornado mais escura e mostrava algumas manchas. A testa parecia coberta de óleo. Os olhos também tinham se escurecido, como a pele, que agora rejeitava a maquiagem por falta de umidade. Via-se que ela não era muito bonita, que o rosto e o corpo ficariam mais pesados e grosseiros com o passar do tempo.

"Vamos embora", ela disse para Sheila, "vamos para bem longe dessa gente que só fala palavrão", demonstrando certa dignidade ao dizer aquilo.

Ambas se aproximaram da mãe, que, logo entendi, de repente era testemunha e guardiã da castidade das duas.

A sra. Hunt então se pôs de pé, estranhamente tranquila.

"Eu espero, sra. Rivers", ela disse, "que esteja satisfeita com a maneira com que educou suas filhas."

Sharon também revelava tranquilidade, mas com um misto de pasmo e surpresa: encarou a sra. Hunt e não disse nada. A sra. Hunt acrescentou: "Essas minhas meninas, posso garantir, não vão me trazer nenhum filho bastardo para *eu* alimentar".

"Mas a criança que está vindo", disse Sharon após alguns instantes, "é sua neta. Não entendo sua atitude. É sua *neta*. Que diferença faz como chega aqui? A criança não tem nada a ver com isso. Será que nenhum de nós tem nada a ver com *isso*?"

"Essa criança", disse a sra. Hunt, me lançando um olhar de relance e caminhando para a porta enquanto Sharon a acompanhava com os olhos, "essa criança..."

Deixei que ela chegasse à porta. Mamãe se moveu para abrir a fechadura, como num sonho. Cheguei lá antes dela e me encostei na porta. Adrienne e Sheila vinham atrás da mãe.

Sharon e Ernestine ficaram imóveis.

"Essa criança", eu disse, "está na minha barriga. Agora, levanta o joelho e dá um pontapé nela com esses sapatos de salto. Você não quer essa criança? Então mata ela agora. Quero ver." Olhei no fundo de seus olhos. "Não vai ser a primeira criança que você tentou matar." Toquei no chapéu que parecia um balde de carvão de cabeça para baixo. Olhei para Adrienne e Sheila. "Você se deu muito bem com as duas primeiras", e aí abri a porta, mas sem sair do lugar. "Maravilha, tenta outra vez com o Fonny. Quero ver."

"Será que podemos ir embora agora?", perguntou Adrienne, procurando transmitir frieza na voz.

"Tish", disse Sharon, mas sem se mover.

Ernestine passou por mim, me afastando da porta e me entregando a Sharon.

"Senhoras", ela disse, caminhando até o elevador e apertando o botão. Ela tinha ultrapassado o estágio da fúria. Quando o elevador chegou e a porta se abriu, ela apenas disse, fazendo sinal para que entrassem, mas mantendo a porta aberta com um dos ombros: "Não se preocupem. Nunca falaremos de vocês para o bebê. Não é possível explicar a uma criança como os seres humanos podem ser tão obscenos!". E, em outro tom de voz, um tom que eu jamais tinha ouvido, ela disse para a sra. Hunt: "Bendito seja o próximo fruto do vosso ventre. Espero que seja um câncer de útero. E digo isso pra valer". E para as irmãs: "Se aparecerem por perto desta casa outra vez, *mato vocês*. Essa criança não é de vocês — acabaram de dizer isso. Se eu ouvir dizer que atravessaram um parquinho para *ver* a criança, não vão viver pra ter *nenhum tipo de câncer*. Sabem que não sou como minha irmã. Lembrem-se disso. Minha irmã é boa. Eu não sou. Meu pai e minha mãe são bons. Eu não sou. Posso contar pra vocês por que Adrienne não consegue foder... Querem ouvir? Podia contar sobre a Sheila também, tocando punheta nesses caras pra eles gozarem no lenço, dentro dos carros e nos cinemas... Querem ouvir *isso*?". Sheila começou a chorar, e a sra. Hunt se aproximou da porta do elevador. Ernestine riu e, com o ombro, abriu a porta ainda mais. Sua voz mudou de novo: "Você amaldiçoou a criança na barriga da minha irmã. Não deixe que eu te veja *nunca mais*, sua babaca noiva de Cristo, metida a branca". E cuspiu no rosto da sra. Hunt, deixando depois que a porta se fechasse. E gritou para o poço do elevador: "Você amaldiçoou sua carne e seu sangue, sua mulher nojenta, sua buceta seca! Leva essa mensagem para o Espírito Santo e, se Ele não gostar, diga que eu falei que Ele é uma bichona e o melhor é que nem chegue perto de mim".

    Ela entrou com lágrimas correndo pelo rosto, indo até a mesa para se servir de um drinque. Acendeu um cigarro: tremia.

    Sharon não disse uma palavra enquanto tudo aquilo acontecia. Ernestine tinha me entregado a ela, mas mamãe nem havia encostado em mim. Fez algo muito mais formidável, que consis-

tia, poderosamente, em me conter e me manter imóvel — sem me tocar.
"Bem", ela disse, "os homens vão ficar fora por algumas horas. E Tish precisa descansar. Então, vamos dormir." Mas eu sabia que elas estavam me mandando para a cama para poderem ficar juntas por algum tempo, sem mim, sem os homens, sem ninguém, para avaliar o fato de que a família do Fonny cagava para ele e não ia fazer nada para ajudá-lo. *Nós* éramos agora sua família, a única que ele tinha: agora tudo dependia de nós.

Entrei no meu quarto bem devagar e fiquei sentada na cama por um instante. Estava cansada demais para chorar. Estava cansada demais para sentir qualquer coisa. De certo modo, a mana Ernestine assumira tudo, tudo mesmo, porque queria que a criança seguisse seu caminho com segurança e chegasse bem; e isso significava que eu devia dormir.

Por isso, tirei a roupa e me encolhi na cama. Fiquei virada na direção que sempre ficava, de frente para o Fonny quando nos deitávamos juntos. Me arrastei para ser abraçada por ele. E ele estava tão presente para mim que, de novo, eu não podia chorar. Minhas lágrimas o feririam demais. Por isso ele me abraçou e eu sussurrei seu nome, enquanto olhava a luz dos lampiões que se projetava no teto. Vagamente, podia ouvir mamãe e a mana na cozinha, fingindo que jogavam cartas.

Naquela noite, na Bank Street, o Fonny tirou a manta mexicana do colchão e cobriu minha cabeça e meus ombros. Sorriu e deu um passo para trás. "Puta merda", ele disse, "acredita que tem uma *rosa* no Spanish Harlem?" Sorriu de novo. "Na semana que vem, vou arranjar uma rosa pra você pôr no cabelo." Parou então de sorrir e uma espécie de silêncio agonizante tomou conta do quarto, enchendo meus ouvidos. Era como se nada estivesse acontecendo no mundo a não ser nós dois. Eu não sentia medo. Era mais profundo que o medo. Não podia afastar meus olhos dos dele. Não conseguia me mexer. Era mais profundo que o medo, mas ainda não era alegria. Era assombro.

Ele disse, sem se mover: "Agora já somos adultos, sabe?".

Assenti com a cabeça.

Ele disse: "E você sempre foi *minha*, não?".

Assenti outra vez.

"E você sabe", continuou, ainda sem se mover, me paralisando com aqueles olhos, "que eu sempre fui seu, certo?"

Respondi: "Nunca pensei nisso assim".

Ele disse: "Pois pense agora, Tish".

"Só sei que te amo", eu disse, e comecei a chorar. A manta parecia muito pesada e quente; queria tirá-la mas não podia.

Então ele se moveu, o rosto mudou, ele veio até mim, tirou a manta e a pendurou num canto. Me abraçou, beijou minhas lágrimas e depois a boca, e aí ficamos conhecendo uma coisa que não conhecíamos antes.

"Eu também te amo", ele disse, "mas *tento* não chorar por isso." Riu, me fez rir e me beijou de novo, mais forte, parando de rir. "Quero me casar com você", ele disse. Devo ter mostrado surpresa, porque continuou: "É isso aí. Eu sou seu e você é minha, querida, é isso aí. Mas preciso tentar te explicar uma coisa".

Me pegou pela mão e me levou para a mesa de trabalho.

"Minha vida está aqui", ele disse, "minha vida verdadeira." Pegou um pedacinho de madeira, coisa de uns vinte centímetros. Uma goiva cortara ali a esperança de um olho e a sugestão de um nariz — o resto não passava de um toco de madeira que de certa forma respirava. "Algum dia isso pode dar certo ou não", ele disse, e depositou o toco delicadamente sobre a mesa. "Mas acho que já fodi o troço." Pegou outro, do tamanho da coxa de um homem. O torso de uma mulher estava aprisionado lá dentro. "Não sei ainda nada sobre ela", ele disse, colocando-o também muito delicadamente de volta sobre a mesa. Embora me pegasse pelo ombro e estivesse bem perto de mim, ao mesmo tempo permanecia muito distante. Me olhou com seu sorrisinho. "Agora, escuta, não sou o tipo de gaiato que vai te dar trabalho correndo atrás de outras garotas e esse tipo de merda. Fumo um baseado de vez em quando mas nunca enfiei nenhuma agulha em mim e na verdade sou bem careta. Mas..." Ele parou e me olhou com toda calma, os olhos bem fixos em mim: havia uma dureza nele que eu praticamente desconhecia. Dentro dessa dureza se movia seu amor, como uma torrente ou um fogaréu se move, acima da razão, muito além de qualquer argumento, incapaz de ser minimamente modificado por qualquer coisa que a vida possa trazer. Eu era dele e ele era meu — e de repente entendi que seria uma garota muito infeliz ou até morreria se alguma vez tentasse desafiar aquele decreto.

"Mas eu vivo com madeiras e pedras", ele continuou. E se afastou, as mãos pesadas parecendo querer dar forma ao ar. "Tenho pedras no porão e trabalho aqui o tempo todo, enquanto busco um lugar mais aberto onde possa trabalhar de verdade. Por isso, Tish, o que estou tentando dizer é que posso te oferecer muito pouco. Não tenho dinheiro e faço uns bicos só pra poder comer, porque não vou pegar nenhum desses empreguinhos fodidos, e isso quer dizer que você vai ter que trabalhar também, e quando voltar pra casa eu provavelmente vou dar um grunhido e continuar com meus cinzéis e essa porra toda, e às vezes você vai pensar que nem sei que você está lá. Mas nunca pense isso, nunca. Você está comigo o tempo todo, o tempo todo, querida. Sem você, não sei se eu ia poder fazer alguma coisa, e, quando eu largar minhas ferramentas, sempre vou te procurar. Sempre vou te procurar. Preciso de você. Eu te amo." Ele sorriu. "Está tudo certo assim, Tish?"

"Claro que sim", respondi. Tinha mais coisas para dizer, mas minha garganta não se abria.

Ele então me pegou pela mão e me levou para o colchão. Sentou-se ao meu lado e me puxou de modo que meu rosto ficasse bem debaixo do dele, minha cabeça no seu colo. Senti nele algum pavor. Ele sabia que eu podia sentir seu pênis endurecendo e começando a se encher de fúria contra o tecido da calça e contra minha maçã do rosto; ele queria que eu sentisse aquilo e, no entanto, estava com medo. Beijou todo o meu rosto, meu pescoço; descobriu meus seios e passou neles os dentes e a língua, enquanto suas mãos acariciavam todo o meu corpo. Eu sabia o que ele estava fazendo, e não sabia. Eu estava em suas mãos, e quando ele falou meu nome, aquilo soou como um trovão junto a meu ouvido. Eu estava em suas mãos: estava sendo modificada; tudo o que podia fazer era agarrar-me a ele. Só depois me dei conta de que também o beijava, que tudo se rompia, se transformava e rodopiava dentro de mim, me empurrando na direção dele. Se seus braços não estivessem me segurando, eu teria caído de costas no chão, teria morrido. Minha vida me segurava. Minha vida me reivindicava. Ouvi e senti sua respiração como se fosse pela primeira vez: mas era como se ela saísse de dentro de mim. Ele abriu minhas pernas, ou eu as abri, e ele beijou a parte interna das minhas coxas. Tirou toda a minha roupa, cobriu meu corpo com beijos e depois com a manta, e então se afastou.

A manta me arranhava. Sentia frio e calor. Ouvi ele no banheiro. Ouvi quando puxou a corrente. Ao voltar, ele estava nu. Enfiou-se debaixo da manta, junto a mim, e esticou seu corpo comprido em cima do meu, e senti seu pênis longo, negro e pesado pulsando contra meu umbigo.

Tomou meu rosto em suas mãos e me beijou.

"Agora, não fica assustada", ele sussurrou. "Não se assuste.

É só lembrar que eu sou seu. É só lembrar que eu não ia te machucar por motivo nenhum no mundo. Você só precisa se acostumar comigo. E temos todo o tempo do mundo."

Já passava das duas horas: ele leu minha mente. "Seu pai e sua mãe sabem que você está comigo e sabem que eu não ia deixar nada acontecer com você." Então se moveu para baixo e seu pênis encostou em minha abertura. "Não fica assustada", ele disse de novo. "Se agarra em mim."

Em agonia, me agarrei nele; não havia nada mais no mundo em que eu pudesse me agarrar; segurei-o pelo cabelo crespo. Não poderia dizer se era ele quem gemia ou se era eu. Doía, doía, não doía. Era um peso estranho, uma presença entrando em mim — num eu que não sabia estar lá. Quase gritei, comecei a chorar: doía. Não doía. Alguma coisa começou, desconhecida. Sua língua, seus dentes nos meus seios, doía. Queria tirá-lo de cima de mim, o agarrei com mais força, e ele ainda se mexia sem parar. Não sabia que havia tanto dele. Gritei e chorei com o rosto grudado em seu ombro. Ele parou um pouco. Pôs as duas mãos atrás dos meus quadris. Afastou-se, não tirou por completo, fiquei pendurada em nada por um momento, e então ele me puxou contra seu corpo, enterrou tudo com toda força, rompendo alguma coisa dentro de mim. Um berro se levantou dentro do meu peito mas ele me cobriu os lábios com os seus, sufocando o grito com sua língua. O ar que ele expirava penetrou pelo meu nariz, eu passei a respirar junto com a respiração dele, me movendo junto com seu corpo. E agora, aberta e indefesa, eu o sentia por toda parte. Uma música nasceu dentro de mim e o corpo dele se tornou sagrado: as nádegas que tremiam, subiam e desciam, suas coxas entre as minhas, o peso do seu peito contra o meu, e aquela coisa dura que foi ficando ainda mais rija, e cresceu, e pulsou, e me levou para outro lugar. Eu queria rir e chorar. Aí começou uma coisa absolutamente nova, ri e chorei e pronunciei seu nome. Apertei ele mais e mais, fiz força para receber tudo, tudo, tudo que era dele. Ele parou e me beijou muitas vezes. A cabeça dele se moveu por cima de todo o meu pescoço e meus seios. Mal conseguíamos respirar: se não respirássemos logo, eu sabia que iríamos morrer. Fonny se mexeu de novo, de início bem devagar, e depois cada vez mais rápido. Senti que estava chegando, que eu estava chegando, caindo no precipício, tudo em mim fluindo em direção a ele, e chamei seu nome sem parar enquanto ele grunhia o meu nome do fundo da garganta, agora cravando sem piedade. Ele sugou o ar de repente, o expeliu num sopro que era também um soluço, e então tirou o pênis de dentro de mim, me apertando bem forte, espalhando um líquido fervente por cima da minha barriga e do meu peito e do meu queixo.

Então ficamos quietos, grudados um no outro, por muito tempo.

"Desculpe", ele disse por fim, meio envergonhado, quebrando o longo silêncio, "por ter feito toda essa sujeira. Mas acho que assim você não vai ter logo um bebê, porque eu não estava usando camisinha."

"Acho que também fiz uma sujeirada", eu disse. "Foi a primeira vez. Não dizem que costuma ter sangue?"

Sussurrávamos. Ele riu um pouco.

"Eu tive uma hemorragia. Vamos ver?"

"Gosto de ficar deitada aqui assim, com você."

"Eu também." E então: "Você gosta de mim, Tish?". Ele falava como um menininho. "Quer dizer, quando fizemos amor, você gostou?"

Respondi: "Ah, vai. Só quer me ouvir dizer isso".

"É verdade. E então?"

"Então o quê?"

"Por que não fala?"

E me beijou.

Eu disse: "Foi um pouco como se eu tivesse sido atropelada por um caminhão" — ele riu de novo — "mas foi a coisa mais bonita que aconteceu comigo".

"Comigo também", ele disse, num tom que expressava curiosidade, como se estivesse falando de outra pessoa. "Ninguém nunca fez amor comigo desse jeito antes."

"Você já teve muitas garotas?"

"Não muitas. E ninguém com quem você tenha que se preocupar."

"Conheço alguma delas?"

Ele riu.

"Quer que eu vá pela rua apontado cada uma delas? Sabe muito bem que isso não ia ser legal. E, agora que te conheço um pouquinho melhor, acho também que não ia ser seguro." Chegou mais perto de mim e pôs a mão no meu seio. "Você é uma gata selvagem, garota. Mesmo se eu tivesse tempo pra correr atrás de outras, com certeza não ia ter energia suficiente. Vou precisar começar a tomar umas vitaminas."

"Ah, cala a boca. Você é muito nojento."

"Por que eu sou nojento? Só estou falando da minha *saúde*. Você não se importa com a minha *saúde*? E elas têm *cobertura de chocolate* — as vitaminas, quero dizer."

"Você é maluco."

"Bom", ele concedeu alegremente, "sou maluco por você. Quer verificar o estrago antes que esse troço fique duro igual cimento?"

Ele acendeu a luz, e olhamos nossos corpos e a cama.

Uma visão daquelas. Havia sangue, um bocado — ou me pareceu um bocado. Mas não me assustou em nada, me senti orgulhosa e feliz — sangue nele, na cama e em mim; o esperma e o sangue escorriam lentamente pelo meu corpo, o esperma espalhado sobre ele e sobre mim. Na luz fraca e contra nossos corpos negros, foi como se tivéssemos sido cobertos com um estranho unguento sagrado. Ou como se tivéssemos acabado de realizar um rito tribal. E o corpo do Fonny era um mistério absoluto para mim — o corpo de um amante sempre é, por mais que o conheçamos: é aquele invólucro sempre em mutação que guarda o maior mistério da vida de qualquer pessoa. Olhei cuidadosamente seu peitoral bem desenvolvido, sua barriga achatada, o umbigo, os pelinhos negros e enrolados, o pênis grande e flácido. Ele não tinha sido circuncidado. Toquei seu corpo esbelto e o beijei no peito. Tinha gosto de sal e de uma especiaria desconhecida, bem amarga, que, como se costuma dizer, precisava se transformar num gosto adquirido. Com uma das mãos em minha mão e a outra no ombro, ele me trouxe mais para perto. Depois disse: "Temos que ir. Melhor você chegar em casa antes do amanhecer".

Eram quatro e meia.

"Acho que sim", respondi, e nos levantamos para tomar um banho de chuveiro.

Lavei o corpo dele e ele lavou o meu, e rimos muito, como crianças, e ele me alertou que, se eu não afastasse as mãos de seu corpo, talvez nunca mais voltaríamos para uptown, e aí papai poderia ficar aborrecido. Afinal de contas, disse o Fonny, ele tinha muita coisa para conversar com meu pai, e tinha que ser imediatamente.

Chegamos em casa às sete. Durante todo o trajeto, o Fonny me levou em seus braços no vagão quase vazio do metrô. Era uma manhã de domingo. Caminhamos juntos por nossas ruas, de mãos dadas. Nem os frequentadores das igrejas estavam de pé; e os que continuavam de pé, poucos na verdade, não estavam interessados em nós, em ninguém, em nada.

Diante dos degraus da entrada do meu prédio, pensei que o Fonny ia me deixar ali e me virei para lhe dar um beijo de despedida, mas ele me pegou pela mão e disse: "Vamos", subindo a escada junto comigo. Ele bateu na porta.

A mana abriu, com os cabelos presos, usando um velho roupão de banho verde. Com uma cara bem brava, olhou para mim, para o Fonny e mais uma vez para mim. Não era exatamente o que ela queria, mas sorriu.

"Chegaram bem na hora do café", ela disse, afastando-se da porta para que entrássemos.

"Nós...", comecei a falar, mas o Fonny disse: "Bom dia, srta. Rivers" — e algo no tom de sua voz fez com que a mana o olhasse com mais atenção e ficasse totalmente desperta. "Peço desculpas por chegarmos tão tarde. Posso falar com o sr. Rivers, por favor? É importante."

Ainda segurava minha mão.

"Pode ser mais fácil falar com ele", disse a mana, "se não ficar aí no hall."

"Nós...", comecei de novo, tentando dar sabe-se lá Deus que desculpa.

"Queremos nos casar", disse Fonny.

"Então é realmente melhor tomarem um café", disse a mana, fechando a porta às nossas costas.

Sharon então entrou na cozinha, e estava mais arrumada que a mana: usava calça e suéter, e tinha feito uma trança presa no alto da cabeça.

"E aí", ela começou, "onde vocês dois estiveram até essa hora da manhã? Não sabem que isso não é coisa que se faça? Meu Deus! A gente já ia telefonar pra polícia."

Mas eu também podia ver que ela se sentia aliviada porque o Fonny estava sentado ao meu lado na cozinha. Isso significava alguma coisa muito importante, e ela sabia. Teria sido uma cena bem diferente, e ela exibiria um estado de espírito bem tempestuoso, se eu tivesse subido sozinha.

"Desculpe, sra. Rivers", disse o Fonny. "A culpa é toda minha. Não tinha visto a Tish nas últimas semanas e precisávamos conversar sobre muitas coisas... *Eu* tinha muita coisa pra falar e" — fez um gesto — "foi por minha causa que ela ficou fora até agora."
"Conversando?", Sharon perguntou.
Ele não piscou nem baixou os olhos.
"Queremos nos casar", disse. "Foi por isso que fiz ela ficar fora até tão tarde." Eles se observaram. "Eu amo a Tish", ele continuou. "Por isso fiquei longe tanto tempo. Cheguei até" — olhou de relance para mim — "a me encontrar com outras garotas, fiz uma porção de coisas pra tirar essa ideia da cabeça." Voltou a me olhar. Baixou a vista. "Mas entendi que estava me enganando. Não gostava de mais ninguém, só dela. E aí fiquei assustado, com medo que ela fosse embora ou alguém a levasse embora, e por isso voltei." Tentou sorrir. "Voltei correndo. E não quero ter que ir pra longe outra vez." E então: "Ela sempre foi a minha garota, vocês sabem disso. E não sou um mau sujeito. Sabem disso. E vocês são a única família que tive até hoje".
"É por isso", resmungou Sharon, "que não posso entender por que de repente você está me chamando de sra. Rivers." Olhou para mim. "É, espero que a senhorita se dê conta de que não tem nem dezoito anos."
"*Esse* argumento", disse a mana, "e uma passagem de metrô só te levam daqui até a esquina. Se *tanto!*" Serviu o café. "Na verdade, é de se esperar que a irmã mais velha case primeiro. Mas nunca tivemos esse tipo de cerimônia *nesta* casa."
"O que *você* acha de tudo isso?", Sharon perguntou a ela.
"Eu? Vai ser ótimo me livrar dessa menininha horrorosa. Nunca *suportei* ela. Juro que *nunca* entendi o que vocês todos achavam de bom nela." Sentou-se à mesa e sorriu. "Toma aqui o açúcar, Fonny. Vai precisar dele, acredite em mim, se quiser se amarrar à minha doce, *docíssima* irmãzinha."

Sharon foi até a porta da cozinha e gritou: "Joe! Vem cá! Um relâmpago caiu neste asilo de pobres! Vem logo, estou dizendo".

Fonny pegou minha mão.

Joseph entrou na cozinha de chinelos, usando uma velha calça de veludo cotelê e camiseta. Comecei a entender que ninguém naquela casa tinha realmente dormido. Joseph me viu primeiro. De fato, não viu mais ninguém. E como estava ao mesmo tempo furioso e aliviado, seu tom de voz foi controlado.

"Quero que me conte exatamente o que está pensando, mocinha, pra chegar aqui a essa hora da manhã. Se quer ir embora de casa, pode ir, entende? Mas, enquanto morar na *minha* casa, tem que respeitar. Está me ouvindo?"

Ele então viu o Fonny, que largou minha mão e se pôs de pé.

Ele disse: "Sr. Rivers, por favor, não brigue com a Tish. Foi tudo culpa minha, senhor. Eu é que fiz ela ficar fora. Precisava conversar com ela. Por favor, sr. Rivers, por favor. Pedi a ela pra casar comigo. Por isso é que demoramos tanto. Queremos nos casar. É por isso que estou aqui. O senhor é o pai. Por isso sei que sabe — *tem* que saber — que eu amo ela. Amei a minha vida inteira. O senhor sabe disso. E, se não amasse, não estaria aqui de pé agora, não é? Podia ter deixado ela nos degraus da entrada e me mandado. Sei que pode ter vontade de me bater. Mas eu amo ela. É tudo que posso dizer".

Joseph o olhou detidamente.

"Quantos anos você tem?"

"Vinte e um, sr. Rivers."

"Acha que tem idade suficiente pra se casar?"

"Não sei, senhor. Mas é idade suficiente pra saber quem a gente ama."

"Acha mesmo?"

Fonny se empertigou.

"Sei que é."

"Como é que você vai dar de comer a ela?"
"Como o senhor fez?"
Nós, as mulheres, agora estávamos fora do jogo, e sabíamos disso. Ernestine encheu uma xícara de café e a empurrou na direção de Joseph.
"Você tem um emprego?"
"Carrego mudanças durante o dia e faço esculturas de noite. Sou escultor. Sabemos que não vai ser fácil. Mas sou um artista de verdade. E vou ser um artista muito bom — talvez até um grande artista." E os dois mais uma vez se encararam.
Joseph pegou sua xícara de café, sem olhar para ela, e tomou um gole, sem sentir gosto de nada.
"Então, deixa eu entender isso direitinho. Você pediu minha filhinha em casamento, e ela disse..."
"Que sim", completou o Fonny.
"E veio aqui pra me dizer isso ou pedir minha permissão?"
"As duas coisas, sr. Rivers", respondeu o Fonny.
"E você não tem nenhum..."
"Futuro", disse Fonny.
Os dois homens se mediram de novo. Joseph pousou a xícara. Fonny não havia tocado na sua.
"O que você faria no meu lugar?", Joseph perguntou.
Senti que o Fonny tremia. Não pôde controlar. Sua mão tocou de leve em meu ombro e se afastou.
"Eu perguntaria à minha filha. Se ela disser que não me ama, vou embora e nunca mais chateio vocês."
Joseph olhou duramente para o Fonny — um longo olhar em que se percebia o ceticismo se rendendo a certa ternura resignada, um autorreconhecimento. Ele dava a impressão de querer derrubar o Fonny com um soco; dava a impressão de querer pegá-lo nos braços.
Joseph então olhou para mim.

"Você ama ele? Quer se casar com ele?"
"Sim." Não sabia que minha voz podia soar tão estranha.
"Sim. Sim." Depois eu disse: "Sou muito sua filha, você sabe, e muito a filha da minha mãe. Por isso, tem que saber que quero dizer não quando digo não, e quero dizer sim quando digo sim. E o Fonny veio aqui pra pedir sua permissão, e eu amo ele por ter feito isso. *Eu* quero muito ter sua permissão porque te amo. Mas não vou me casar com *você*. Vou me casar com o Fonny".

Joseph se sentou.

"Quando?"

"Logo que tivermos a grana", disse o Fonny.

Joseph disse: "Você e eu, meu filho, é melhor irmos pra outro lugar".

E então eles foram. Nós não dissemos uma palavra. Não havia nada que devêssemos dizer. Mas, depois de uns instantes, mamãe perguntou: "Tem certeza que ama ele, Tish? Certeza mesmo?".

"Mamãe", respondi, "por que me pergunta isso?"

"Porque secretamente ela esperava que você se casasse com o governador Rockefeller", disse Ernestine.

Mamãe olhou para ela com uma expressão severa, e depois sorriu. Ernestine, sem saber ou sem querer, tinha chegado bem perto da verdade — não da verdade literal, mas da verdade: o sonho da segurança não morre fácil. Eu disse: "Você sabe que aquele babaca é velho demais pra mim".

Sharon voltou a rir. "Não é assim que *ele* se vê. Mas acho que eu não ia ser capaz de engolir o jeito como ele ia *te* ver. Com isso podemos encerrar o assunto. Você vai se casar com o Fonny. Tudo bem. Quando penso nisso pra valer" — e então fez uma pausa e, de certo modo, não era mais Sharon, minha mãe, e sim outra pessoa, embora essa outra pessoa fosse precisamente minha mãe, Sharon — "acho que fico bem feliz." Inclinou-se

para trás, com os braços cruzados, olhando para longe, pensando mais à frente. "É, ele é uma pessoa de verdade. É um homem." "Ainda não é um homem", disse Ernestine, "mas vai ser um homem. Por isso é que você está sentada aí, segurando essas lágrimas. Porque isso significa que daqui a pouco sua filha mais nova vai se tornar uma mulher."
"Ah, cala a boca", disse Sharon. "Peço a Deus que você se case com alguém. Aí eu ia poder te aporrinhar sem parar em vez de *você* me aporrinhar, como faz agora."
"Ia sentir falta de mim também", disse Ernestine, falando bem baixinho, "mas não acredito que eu vá me casar. Alguns se casam, sabe, mamãe? Outros não se casam." Ela se levantou, deu uma volta pela sala e voltou a se sentar. Podíamos ouvir as vozes do Fonny e do Joseph no outro cômodo, mas não o que diziam — e também estávamos nos esforçando muito para *não* ouvir. Homens são homens, e às vezes precisam ser deixados a sós. Principalmente se a gente tem juízo suficiente para entender que, se estão trancados numa sala, onde talvez não fizessem questão de estar, é por causa da responsabilidade que sentem pelas mulheres do lado de fora.
"Bem, isso eu posso compreender", disse Sharon, num tom seguro e sem se mover.
"O único problema", disse Ernestine, "é que às vezes *dá vontade* de ser de alguém."
"Mas", eu disse — e não sabia que ia dizer isso —, "é muito assustador ser de alguém."
Até aquele momento em que me ouvi dizendo tais palavras, talvez eu não soubesse que isso era verdade.
"É trocar seis por meia dúzia", disse Ernestine, sorrindo.
Joseph e Fonny voltaram do outro cômodo.
"Vocês dois são loucos", disse Joseph, "mas não há nada que eu possa fazer sobre *isso*." Observou o Fonny, que deu um sorriso

ao mesmo tempo carinhoso e relutante. Depois olhou para mim. "Mas o Fonny tem razão, qualquer dia desses alguém vinha aqui pra te levar embora. Só não pensava que ia ser tão cedo. Mas, como o Fonny disse, e é verdade, vocês sempre viveram juntos, desde a infância. E não são mais crianças." Pegou o Fonny pela mão e o trouxe até onde eu estava, me puxando pela mão para que eu ficasse de pé. Pôs minha mão na do Fonny. "Cuidem um do outro", ele disse. "Vão descobrir que isso não é uma coisa assim tão simples."

Os olhos do Fonny estavam marejados. Ele beijou papai. Soltou minha mão. Caminhou até a porta.

"Tenho que ir pra casa e contar pro meu pai", ele disse. Seu semblante se alterou, olhou para mim e mandou um beijo de longe. "Ele vai ficar muito feliz." Abriu a porta. Disse para Joseph: "Volto lá pelas seis da tarde, está bem?".

"Tudo bem", disse Joseph, que agora exibia um largo sorriso.

O Fonny saiu. Dois ou três dias depois, terça ou quarta, fomos de novo para downtown e começamos realmente a procurar um lugar para morar.

E *isso* se transformou numa viagem e tanto.

O sr. Hayward estava em seu escritório na segunda-feira, como disse que estaria. Cheguei lá às sete e quinze, acompanhada de mamãe.

Acho que o sr. Hayward tinha uns trinta e sete anos, olhos castanhos gentis e cabelos também castanhos que começavam a rarear. Era muito, muito alto, grandalhão; era bastante simpático, ou parecia ser, mas eu simplesmente não me sentia à vontade com ele. Não sei se é justo culpá-lo por isso. Naqueles dias eu não me sentia à vontade com ninguém, e com certeza não me sentiria com um advogado.

Ele se levantou quando entramos, fez mamãe se sentar numa cadeira grande e eu numa menor, voltando a acomodar-se do outro lado de sua mesa de trabalho.

"Como vão as senhoras? Sra. Rivers? E como vai você, Tish? Viu o Fonny?"

"Vi. Às seis horas."

"E como ele está?"

Essa sempre me pareceu uma pergunta idiota. Como *está* um homem que luta para sair da prisão? Mas, por outro lado, eu tinha que me forçar para ver que era uma pergunta importante. Para começo de conversa, era a pergunta com a qual eu vivia; além disso, saber *como o Fonny estava* podia fazer uma diferença considerável para o sr. Hayward, ajudando-o no caso. Mas eu também ressentia o fato de ter que contar a ele qualquer coisa sobre o Fonny. Havia muita coisa que achava que ele já devia saber. Mas nisso também eu podia estar sendo injusta.

"Bem, sr. Hayward, digamos que ele odeia estar lá, mas vem se esforçando pra que isso não acabe com ele."

"Quando é que vamos tirar ele de lá?", mamãe perguntou.

O sr. Hayward olhou para mamãe e depois para mim, com um sorriso melancólico, como se tivesse acabado de levar um chute no saco. Ele disse: "Bem, como as senhoras sabem, trata-se de um caso muito difícil".

"Por isso é que minha irmã contratou o *senhor*", eu disse.

"E você está começando a achar que a confiança dela não se justificava?" Ele ainda sorria. Acendeu um charuto.

"Não", respondi, "não diria isso."

Não ousaria dizer aquilo — de qualquer modo, ainda não — porque tinha medo de ter que procurar outro advogado que facilmente poderia ser pior.

"Gostamos de ter o Fonny conosco", disse mamãe, "e estamos com saudade dele."

"Eu certamente posso compreender isso, e estou fazendo o possível para que ele volte para vocês o quanto antes. Mas, como as senhoras sabem, a maior dificuldade tem sido causada pela recusa da sra. Rogers de reconsiderar seu depoimento. E agora ela sumiu."

"Sumiu?", gritei. "Como ela pode simplesmente sumir?"

"Tish", ele disse, "esta é uma cidade muito grande num país muito grande — e num mundo muito grande. As pessoas somem mesmo. Não acho que *ela* tenha ido muito longe — eles não têm recursos para fazer uma viagem longa. Mas a família dela pode ter voltado para Porto Rico. Em todo caso, para encontrá-la, vou precisar de detetives particulares e..."

"Isso significa dinheiro", disse mamãe.

"Infelizmente", disse o sr. Hayward. Olhou-me por trás de seu charuto, um estranho olhar de expectativa, surpreendentemente pesaroso.

Eu havia me levantado e voltei a me sentar.

"Aquela desgraçada", eu disse, "aquela desgraçada nojenta."

"*Quanto* dinheiro?", mamãe perguntou.

"Estou tentando reduzir ao máximo", disse o sr. Hayward com um sorriso modesto, juvenil. "Mas os detetives particulares são mesmo *especiais*, e eles sabem disso. Se dermos sorte, localizamos a sra. Rogers numa questão de dias, ou semanas. Se não..." — ele deu de ombros. "Bom, por enquanto vamos torcer para ter sorte." E sorriu de novo.

"Porto Rico", mamãe disse, acabrunhada.

"Não *sabemos* se ela voltou para lá", disse o sr. Hayward, "mas é uma *possibilidade* muito forte. Seja como for, ela e o marido desapareceram alguns dias atrás do apartamento na Orchard Street e não deixaram o novo endereço. Não conseguimos entrar em contato com os parentes, as tias e os tios, que, de todo modo, como vocês sabem, nunca cooperaram muito."

"Mas isso não é ruim para a versão dela", perguntei, "simplesmente desaparecer assim? Ela é a testemunha-chave nesse caso."
"Sim. Mas é uma porto-riquenha confusa e ignorante, que ainda sofre os efeitos de um estupro. Por isso, o comportamento dela não é incompreensível. Entendem o que estou dizendo?" Ele olhou sério para mim, e sua voz mudou. "E ela é apenas *uma* das testemunhas-chave nesse caso. Você esqueceu o depoimento do policial Bell. Foi *ele* quem fez a identificação realmente decisiva do estuprador. É Bell quem jura que *viu* o Fonny fugindo da cena do crime. E eu sempre achei — lembrem-se que discutimos isso — que é o depoimento *dele* que a sra. Rogers repete o tempo todo..."
"Se ele viu o Fonny na cena do crime, então por que teve que esperar para depois pegar ele lá em *casa*?"
"Tish", mamãe disse, "me explica direitinho: quer dizer que é esse policial Bell que fala pra ela o que ela deve contar? É *isso* que está dizendo?"
"Sim", respondeu o sr. Hayward.
Olhei para Hayward. Olhei em volta do escritório. Estávamos bem no meio de downtown, perto da Broadway, da Trinity Church. Os móveis eram de madeira escura, bem lisa e encerada. Na mesa larga, com dois telefones, uma luzinha piscava. Hayward a ignorou, me observando. Havia troféus e diplomas nas paredes, um retrato grande do pai dele. Sobre a mesa, duas fotografias emolduradas, uma de sua mulher, sorrindo, e a outra dos dois filhos pequenos. Não existia nenhuma conexão entre mim e aquele lugar.

No entanto, lá estava eu.

"O senhor está dizendo", perguntei, "que não tem jeito de chegar à verdade nesse caso?"

"Não. Não estou dizendo isso." Reacendeu o charuto. "A verdade do caso não interessa. O que interessa é quem ganha."

A fumaça do charuto encheu o ambiente. "Não quer dizer", ele disse, com todo cuidado, "que *eu* duvide do que seja a verdade. Se eu não acreditasse na inocência do Fonny, nunca aceitaria o caso. Conheço algumas coisas sobre o policial Bell, que é um racista e um mentiroso — já disse isso na cara dele, por isso podem ficar totalmente à vontade para me citar quando quiserem, para qualquer pessoa, a qualquer hora —, e conheço algumas coisas sobre o procurador responsável pelo caso, que é ainda pior. Mas vejamos. Você e o Fonny insistem que estavam no quarto da Bank Street junto com um velho amigo, Daniel Carty. Seu testemunho, como pode imaginar, não vale nada, e o Daniel Carty acaba de ser preso pelo gabinete do procurador e não pode ser ouvido. Não me deixaram vê-lo." Levantou-se e foi até a janela. "O que eles estão fazendo na verdade é ilegal, mas o Daniel, como vocês sabem, não tem ficha limpa. Obviamente, querem obrigá-lo a mudar seu depoimento. E eu não *tenho certeza* disso, mas posso apostar que foi por causa deles que a sra. Rogers desapareceu." Voltou para sua mesa. "Por isso, vocês entendem..." Olhou para mim. "Vou tentar fazer o possível, mas vai ser muito duro."

"Quando é que o senhor precisa do dinheiro?", mamãe perguntou.

"Já comecei a operação", ele disse, "para descobrir o paradeiro da mulher. Vou precisar do dinheiro assim que vocês o tiverem. Vou também forçar o gabinete do procurador para permitir que eu veja o Daniel Carty, mas vão criar todos os obstáculos possíveis..."

"Quer dizer", disse mamãe, "que o senhor está tentando ganhar tempo."

"Sim", ele respondeu.

Tempo: a palavra repicou como os sinos de uma igreja. Fonny estava cumprindo *tempo*. Dentro de seis meses nosso filho estaria lá. Em algum ponto no tempo, Fonny e eu tínhamos nos conhecido; em algum ponto no tempo, tínhamos feito amor; fora do tempo, mas agora totalmente à mercê do tempo, nós nos amávamos. Em algum ponto no tempo, Fonny caminhava de um lado para outro na sua cela, os cabelos cada vez mais encrespados. Em algum ponto no tempo, esfregava o queixo, ansiando por se barbear; em algum ponto no tempo, coçava o sovaco, ansiando por um banho. Em algum ponto no tempo, olhava ao seu redor, sabendo que estavam mentindo para ele, com a conivência do tempo. Em outro ponto no tempo, tinha temido por sua vida: agora, temia a morte — em algum ponto no tempo. Acordava todas as manhãs com Tish em suas pálpebras, e caía no sono todas as noites com Tish atormentando seu ventre. Agora, vivia ao longo do tempo, com a algazarra, o fedor, a beleza e o horror de numerosos homens: e tinha sido jogado naquele inferno num piscar de olhos.

Não se podia comprar o tempo. A única moeda que o tempo aceitava era a vida. Sentada no braço forrado de couro da cadeira do sr. Hayward, olhei pela grande janela, lá para baixo, para a Broadway, e comecei a chorar.

"Tish", disse Hayward, em vão.

Mamãe se aproximou e me abraçou.

"Não faça isso com a gente", ela disse. "Não faça isso com a gente."

Mas eu não conseguia parar. Parecia que nós nunca encontraríamos a sra. Rogers; que Bell nunca mudaria seu depoimento; que Daniel apanharia até mudar o dele. E que o Fonny ia apodrecer na cadeia, ia morrer lá, e eu... eu não podia viver sem o Fonny.

"Tish", mamãe disse, "você agora é uma mulher. *Tem* que ser uma mulher. Estamos numa situação difícil, mas, se você quer mesmo pensar nisso, não tem nada de novo. Agora, minha filha, é que você realmente *não pode* desistir. Não *pode* fraquejar. Temos que tirar o Fonny de lá. *Não me importa o que vamos ter que fazer pra isso* — está me entendendo, filha? Essa merda já está durando tempo demais. Se ficar pensando numa porção de coisas, vai acabar doente. Você não pode ficar doente *agora*, sabe disso. Prefiro que o Estado mate ele a *você* matar ele. Por isso, sai dessa, *vamos tirar* ele de lá."

Ela se afastou de mim. Enxuguei os olhos. Ela se voltou na direção de Hayward.

"O senhor não tem o endereço daquela moça em Porto Rico, tem?"

"Tenho." Ele anotou num pedaço de papel e passou para ela. "Vamos mandar alguém lá esta semana."

Mamãe dobrou o pedaço de papel e guardou na bolsa.

"Quando acha que vai poder ver o Daniel?"

"Pretendo ver amanhã, mas vou ter que fazer um escarcéu para conseguir."

"Bom", disse mamãe, "desde que consiga."

Voltou para o meu lado.

"Vamos conversar lá em casa, sr. Hayward, e ver o que podemos fazer. Vou mandar a Ernestine te telefonar amanhã de manhã. Está bem?"

"Muito bem. Por favor, dê lembranças à Ernestine." Descansou o charuto no cinzeiro, contornou a mesa e pôs uma mão desajeitada em meu ombro. "Minha querida Tish", ele disse. "Por favor, fique firme. Por favor, fique firme. Juro que vamos vencer, que o Fonny vai ganhar a liberdade de volta. Não vai ser fácil, claro. Mas também não é impossível, como parece a vocês hoje."

"Fala isso pra ela", mamãe disse.

"Quando eu vou ver o Fonny, a primeira pergunta que ele faz é sobre você. E sempre digo: 'Tish? Ela está ótima'. Mas ele

presta atenção no meu rosto pra ver se não estou mentindo. E sou um mentiroso muito ruim. Vou vê-lo amanhã. O que é que devo dizer a ele?"
Respondi: "Diga que estou bem".
"Acha que consegue nos dar um pequeno sorriso? Para acompanhar a mensagem? Posso levar isso comigo. Ele vai gostar."
Sorri, e ele sorriu, e alguma coisa realmente humana aconteceu entre nós, pela primeira vez. Ele soltou meu ombro e se dirigiu até onde estava mamãe. "A senhora pode pedir à Ernestine que me ligue por volta das dez? Ou até mesmo antes, se possível. Senão, talvez ela só me encontre aqui depois das seis da tarde."
"Vou fazer isso. E muito obrigada, sr. Hayward."
"Sabe de uma coisa? Gostaria que deixasse de me chamar de senhor."
"Muito bem, Hayward. Me chame de Sharon."
"Vou chamar. E espero que nos tornemos amigos apesar dessas questões."
"Tenho certeza que sim", disse mamãe. "Mais uma vez, obrigada. Tchau."
"Tchau. Não esqueça o que eu disse, Tish."
"Não vou. Prometo. Fala pro Fonny que estou bem."
"*Assim* é que eu gosto, minha garota" — e pareceu mais juvenil do que antes. "Ou melhor, a garota do Fonny." Então ele sorriu, abriu a porta para nós e disse: "Tchau".
Dissemos: "Tchau".

Fonny vinha descendo a Sétima Avenida numa tarde de sábado quando deu de cara com o Daniel. Não se viam desde os tempos de escola.
O tempo não tinha sido camarada com o Daniel. Ainda era

grande, negro e barulhento; aos vinte e três anos — um pouco mais velho que o Fonny —, já não devia encontrar muitos conhecidos. Por isso, após um momento de genuíno choque e surpresa, os dois se abraçaram na avenida, às gargalhadas, um batendo na cabeça e nas costas do outro, crianças outra vez, e, apesar de Fonny não gostar de bares, entraram no mais próximo e pediram duas cervejas.

"Porra! Como vão as coisas?" Não sei qual deles fez a pergunta ou quem perguntou primeiro: mas consigo ver a cara deles.

"Por que está perguntando pra *mim*, cara?"

"Porque, como diz aquele sujeito sobre o monte Everest, você está *aí*."

"Onde?"

"Brincadeira, cara... Como vão as coisas?"

"Trabalhando como um escravo pra um judeu numa fábrica de roupas, empurrando um carrinho, subindo e descendo de elevador."

"E seu pessoal?"

"Ah, papai faleceu faz um tempo, cara. Estou no mesmo lugar, com mamãe. Mas as varizes pegaram ela feio. Então..." — e o Daniel olhou para sua cerveja.

"O que você está fazendo — quer dizer, agora?"

"Nesse minuto?"

"Estou perguntando se está ocupado, se tem algum compromisso, ou se podemos passar algum tempo juntos. Quer dizer, agora..."

"Não estou fazendo nada."

O Fonny bebeu a cerveja num só trago e pagou a conta. "Vamos. Tem cerveja lá no meu cantinho. Vamos. Lembra da Tish?"

"Tish...?"

"É, a Tish. Aquela magrinha. Tish, *minha garota*."

"A magricela?"

"É. *Ainda* está comigo. Vamos nos casar, cara. Vamos, quero te mostrar onde moro. E ela prepara alguma coisa pra gente comer. *Vem logo*, já disse que lá tem cerveja."

Embora ele não devesse gastar o dinheiro, empurrou o Daniel para dentro de um táxi e foram até a Bank Street, onde eu não os esperava. Mas o Fonny estava muito contente, e a verdade é que reconheci o Daniel pela luz nos olhos do Fonny. Porque não era só uma questão de o tempo não ter sido bondoso com o Daniel: dava para ver como ele tinha sido maltratado. E isso não porque eu seja perceptiva, mas porque amo o Fonny. Nem o amor nem o terror deixam a gente cega: só a indiferença faz isso. E eu não podia sentir indiferença em relação ao Daniel porque me dei conta, vendo o rosto do Fonny, do quão maravilhoso era para ele ter milagrosamente pescado um amigo das águas pantanosas do passado.

Mas isso significava que eu tinha de sair para fazer compras, e lá fui eu, deixando-os sozinhos. Temos um toca-discos. Quando eu estava saindo, o Fonny pôs para tocar "Compared to What", enquanto o Daniel, acocorado, tomava cerveja.

"Quer dizer que você vai mesmo se casar?", Daniel perguntou, num tom pensativo mas também gozador.

"Bem, é isso aí, estamos procurando um lugar pra morar — procurando um desses estúdios, porque não é muito caro, você sabe, e assim posso trabalhar sem infernizar a vida da Tish. Aqui não dá nem pra uma pessoa, imagine pra duas, e é onde eu trabalho o tempo todo, ou no porão." Preparou um baseado enquanto falava, com o Daniel ainda acocorado diante dele. "Tem uma porção de estúdios vazios no East Side, cara, e ninguém quer alugar aqueles troços, tirando uns malucos como eu. São todos umas armadilhas em caso de incêndio, alguns não têm nem banheiro. Por isso, achei que não ia ser muito complicado achar algum lugar." Acendeu o baseado, deu uma tragada e passou para o Daniel. "Mas, cara, este país realmente não gosta de preto. Odeiam tanto os pretos, cara, que preferem alugar pra um leproso. Juro." Daniel deu uma tragada e devolveu o cigarro — *Tired old ladies kissing dogs!*, grita o toca-discos. Fonny deu mais uma tragada, tomou um gole de cerveja e devolveu o baseado. "Às vezes eu e a Tish vamos juntos, às vezes ela vai sozinha, às vezes eu vou sozinho. Mas é sempre a mesma história, cara." Ele se pôs de pé. "E agora não posso mais deixar a Tish ir sozinha, sabe, porque na semana passada pensamos que *tínhamos* encontrado um lugar, o sujeito prometeu pra ela. Mas ele não tinha *me* visto. E achou que uma garota negra, sozinha em downtown, procurando espaço num estúdio, ele *sabia* que ia comer ela. Achou que ela estava se oferecendo pra ele, foi o que *realmente* pensou. E a Tish veio me contar, toda orgulhosa e feliz, e fomos lá juntos." Ele se sentou de novo. "Quando o sujeito me viu, disse que tinha havido um grande mal-entendido, *não podia* alugar o espaço porque um monte de parente dele estava chegando da Romênia em meia hora, e *precisavam* ficar lá. Merda. Aí eu *falei* que ele era um sacana do caralho, e o sujeito ameaçou chamar a polícia." Pegou o cigarro do Daniel. "Vou mesmo ter que encontrar um jeito de ganhar uma grana pra me mandar desta porra deste país."

"Como é que você vai fazer isso?"

"Não sei ainda", disse o Fonny. "A Tish não sabe nadar."

Devolveu o baseado ao Daniel, e os dois soltaram gargalhadas ruidosas.

"Você podia ir na frente", disse o Daniel, sério.

O baseado e o disco chegaram ao fim.

"Não", respondeu o Fonny, "acho que não quero fazer isso."

Daniel o observou. "Ficaria com muito medo."

"Medo de quê?", perguntou o Daniel — embora de fato conhecesse a resposta.

"Só com medo", disse o Fonny após um longo silêncio. "Com medo do que pode acontecer com a Tish?", perguntou o Daniel. Outro silêncio. O Fonny olhou pela janela. O Daniel olhou para as costas do Fonny.

"Sim", o Fonny disse por fim. "Com medo do que pode acontecer com nós dois — um sem o outro. A Tish não desconfia de nada, cara, acredita em todo mundo. Segue pela rua, balançando aquela bundinha dela, e fica *surpresa* quando algum gaiato passa uma cantada nela, cara. Ela não vê o que eu vejo."

Novo silêncio enquanto o Daniel o observava, até que o Fonny falou: "Sei que posso parecer um sujeito estranho. Mas tenho duas coisas na vida, cara: minhas madeiras e pedras e minha Tish. Se perder essas coisas, estou fodido. Sei disso. Você sabe..." — e então encarou Daniel. "O que existe dentro de mim não fui eu que pus lá. E não consigo tirar."

Daniel foi para o colchão e se encostou na parede. "Não acho você nada *estranho*. Acho que é sortudo. Eu não tenho nada parecido com isso. Posso tomar outra cerveja, cara?"

"Claro", disse o Fonny, indo abrir mais duas latinhas. Entregou uma ao Daniel, que tomou um grande gole antes de dizer: "Acabo de sair da prisão, cara. Dois anos".

Fonny não disse nada — apenas virou e olhou.

Daniel também não disse nada; bebeu um pouco mais de cerveja.

"Disseram — ainda *dizem* — que eu roubei um carro. Cara, nem sei *dirigir*, e tentei fazer meu advogado provar isso, mas ele não provou — na verdade era advogado *deles*, sabe, era funcionário público. E, de qualquer forma, eu não estava em carro nenhum quando me pegaram. Mas tinha comigo um pouquinho de maconha. Eu estava sentado nos degraus da frente do meu prédio. E aí eles vieram e me apanharam, assim, sem mais nem menos, sabe, era quase meia-noite, me puseram em cana, e na manhã seguinte um sujeito me apontou numa fileira de presos e disse que era *eu* o ladrão do carro — um carro que nunca vi. E aí, você sabe, como eu tinha aquela maconha comigo, estava mesmo ferrado, e por isso disseram que, se eu me declarasse culpado, ia pegar uma pena mais leve. Se eu *não* me confessasse culpado, aí estava frito." Tomou outro gole de cerveja. "Bem, eu estava sozinho, cara, não era ninguém, por isso me confessei culpado. Dois anos!" Inclinou-se para a frente, encarando o Fonny. "Mas me pareceu bem melhor do que a pena por porte de maconha." Voltou a se aprumar, riu, bebeu mais cerveja e olhou para o Fonny. "Não era. Deixei que me fodessem porque estava apavorado, fui burro e agora sinto muito." Calou-se. E então: "Dois anos!".

"Puta merda", disse o Fonny.

"É mesmo", disse o Daniel, depois do mais longo e mais ruidoso silêncio que qualquer um deles já tinha vivenciado.

Quando voltei, ambos continuavam sentados lá, um pouco altos. Eu não disse nada, entrando na minúscula quitinete sem fazer barulho. O Fonny se aproximou por um momento, esfregando-se em mim por trás, me abraçando e me dando um beijo na nuca. Depois voltou para perto do Daniel.

"Saiu faz quanto tempo?"

"Uns três meses." Deixou o colchão e foi até a janela. "Cara, foi ruim. Muito ruim. E está ruim agora. Talvez eu me sentisse diferente se tivesse feito alguma coisa e sido pego. Mas não fiz nada. Só trataram de brincar comigo, cara, porque podiam. E dei sorte de serem só dois anos, sabe? Porque podem fazer com a gente o que quiserem. *O que bem quiserem.* E são uns cachorros, cara. Na cadeia eu senti na pele o que o Malcolm e aqueles outros irmãos vivem falando. O homem branco é um demônio. Com certeza não é humano. Algumas das coisas que eu vi, cara, vão me dar pesadelo até o dia em que eu morrer."

Fonny pousou uma das mãos no pescoço do Daniel, que estremeceu, as lágrimas correndo pelo rosto.
"Eu sei", o Fonny disse carinhosamente, "mas tente não deixar que isso te machuque tanto. Você está livre agora, tudo terminou, ainda é jovem."
"Cara, sei o que você está dizendo. E agradeço. Mas você não sabe... A pior coisa, cara, a *pior* coisa é que eles fazem você ficar *apavorado* pra caralho. Apavorado, cara. *Apavorado*."
Fonny não disse nada, só ficou lá de pé, com a mão no pescoço do Daniel.
Gritei da cozinha: "E aí, estão com fome?".
"Estamos morrendo de fome", o Fonny gritou de volta. "*Anda logo!*"
O Daniel enxugou os olhos, chegou até a porta da quitinete e sorriu para mim.
"É bom te ver, Tish. Não engordou nem um quilo, não é mesmo?"
"Cala essa boca. Sou magra porque sou *pobre*."
"Bom, não sei por que não arranjou um marido rico. *Agora* é que não vai engordar *nunca*."
"Olha, Daniel, quando a gente é magra, a gente se move mais depressa e tem mais chance de escapar se ficar num lugar apertado. Certo?"
"Parece que você já tem as coisas todas mapeadas. Aprendeu tudo isso com o Fonny?"
"Aprendi com o Fonny *algumas coisas*. Mas também tenho uma inteligência natural muito rápida. Você não está impressionado?"
"Tish, estou impressionado com tantas coisas que realmente não tive tempo de fazer justiça à sua inteligência."
"Você não é o único. E não posso mesmo te culpar. Sou tão incrível que às vezes tenho que me dar um beliscão."

Daniel riu.

"Gostaria de ver isso. Belisca onde?"

O Fonny resmungou: "Ela é tão incrível que às vezes perco a cabeça".

"Ele também te bate?"

"Ah! O que é que eu *posso* fazer? *All my life is just despair, but I don't care...*"

De repente começamos todos a cantar:

When he takes me in his arms
The world is bright, all right
What's the difference if I say
I'll go away
When I know I'll come back
On my knees someday
For whatever my man is
I am his
Forevermore!

Depois caímos na risada. De repente o Daniel ficou sério e pensativo, muito longe dali. "Coitada da Billie", ele disse, "também deram muita porrada *nela*."

"Cara", disse o Fonny, "temos que levar a coisa um dia de cada vez. Se ficar pensando muito, aí está *mesmo* fodido, não consegue mais nem se mexer."

"Vamos comer", eu disse. "Vamos."

Preparei o que sei que o Fonny gosta: costeletas, pão de milho, arroz com molho e ervilhas. O Fonny pôs no toca-discos, baixinho: "What's Going On", de Marvin Gaye.

"Talvez Tish não engorde", disse o Daniel depois de algum tempo, "mas *você* com certeza vai. Vocês se importam se eu aparecer mais vezes aqui, mais ou menos nessa hora?"

"Fique à vontade", disse o Fonny, alegre, piscando para mim. "Tish não é muito bonita, mas sem dúvida é boa na cozinha."

"Fico feliz em saber que sirvo pra alguma coisa", falei para ele, que deu outra piscadela enquanto começava a atacar uma costeleta.

Fonny mastigou a costeleta e me observou. E, em absoluto silêncio, sem mover um músculo, nós rimos. Estávamos rindo por muitas razões. Estávamos juntos em algum lugar onde ninguém podia nos alcançar, nos tocar, unidos. Estávamos felizes, até mesmo por termos alimentado o Daniel, que comia pacificamente, sem saber que estávamos rindo, mas sentindo que alguma coisa maravilhosa tinha acontecido conosco, o que significava que coisas maravilhosas acontecem e que talvez alguma coisa maravilhosa acontecesse com *ele*. De todo modo, era maravilhoso sermos capazes de ajudar alguém a sentir aquilo.

Daniel ficou conosco até meia-noite. Ele estava um pouco receoso de ir embora, na verdade com medo de andar naquelas ruas, e o Fonny percebeu isso e resolveu acompanhá-lo até o metrô. O Daniel não pode abandonar a mãe, mas deseja ardentemente confrontar a vida, embora ao mesmo tempo se sinta muito assustado com o que ela possa trazer, assustado com a liberdade: luta preso numa armadilha. E o Fonny, que é mais novo, agora luta para ser mais velho, para ajudar o amigo a se libertar. *Didn't my Lord deliver Daniel? And why not every man?* A canção é velha, a pergunta permanece sem resposta.

Na caminhada daquela noite, e de muitas outras depois, Daniel tentou contar ao Fonny alguma coisa sobre o que tinha acontecido com ele na cadeia. Às vezes ele ainda estava lá em casa, e eu também ouvia; às vezes os dois estavam sozinhos. Às vezes, ao falar, o Daniel chorava, e às vezes o Fonny o abraçava. Às vezes eu o abraçava. Daniel botou aquilo para fora, ou forçou a sair, ou arrancou de dentro dele, como se fosse uma peça de metal rasgada, entortada, gélida, trazendo com ela sua carne e seu sangue — expeliu tudo como alguém que tenta se curar.

"No começo você não sabe o que está acontecendo. Não tem como saber. Chegaram, me pegaram nos degraus do meu prédio e me revistaram. Quando pensei sobre isso depois, entendi que realmente não sabia *por quê*. Eu estava sempre sentado ali naqueles degraus, eu e os outros caras, e eles sempre passavam por lá. Eu *nunca* tinha usado heroína, mas eles sabiam que os outros tinham — a gente *sabe* que eles sabem. E eles viam a turma se coçando e sacudindo a cabeça. Acho que sacaram isso. Quando pensei sobre o negócio mais tarde, tive certeza que os filhos da puta realmente manjam da coisa. Vão pra delegacia e reportam: 'Tudo tranquilo, delegado. Seguimos o sujeito que distribui a heroína vinda da França, ele fez as entregas e os pretos estão chapadões'. Mas naquela noite eu estava sozinho, me aprontando pra entrar, e eles pararam o carro, gritaram pra mim, me empurraram pro hall e me revistaram. *Vocês* sabem como eles fazem, né?"

Eu não sabia. Mas o Fonny fez que sim com a cabeça, o rosto imóvel, os olhos muito escuros.

"E eu tinha acabado de pegar a maconha, estava no bolso detrás da calça. E aí eles encontraram, cara, eles *adoram* apalpar sua bunda, um passou pro outro, um deles me botou as algemas e me jogou dentro do carro. E eu não sabia que ia chegar nesse ponto, talvez estivesse um pouco alto, talvez não tenha tido tempo de pensar, mas, cara, quando aquele sujeito pôs as algemas em mim, me fez descer os degraus aos empurrões, me enfiou no carro e aquele carro começou a andar, eu quis gritar pela minha mãe. E aí comecei a ficar assustado porque ela praticamente não consegue fazer nada sozinha, e ia começar a se preocupar comigo, e ninguém ia saber onde eu estava! Me levaram pra delegacia, fui acusado de portar entorpecentes, tiraram tudo dos meus bolsos e eu comecei a perguntar se podia dar um telefonema, mas entendi que não tinha ninguém pra chamar a não ser minha mãe, e quem *ela* ia chamar naquela hora da noite? Só queria que ela estivesse dormindo, sabe, que ela tivesse pensado que eu ia chegar tarde, e quem sabe, quando acordasse de manhã, eu já ia ter bolado alguma coisa. Me puseram numa cela pequena com outros quatro ou cinco caras, que não paravam de sacudir a cabeça e peidar. Fiquei lá sentado e tentei organizar minhas ideias. Que porra eu podia fazer? Não tinha ninguém pra chamar — não tinha *mesmo*, ou talvez só o judeu pra quem trabalho; ele até que é um sujeito decente, mas, cara, não ia entender porra nenhuma. O que eu estava mesmo tentando bolar era como arranjar *alguém* que chamasse minha mãe, alguém tranquilão e capaz de tranquilizar *ela*, alguém capaz de *fazer* alguma coisa. Mas não conseguia pensar em ninguém.

"Amanheceu e eles puseram a gente num camburão. Tinha um velho branco fodido que pegaram perto da Bowery, acho — ele tinha se vomitado todo e olhava pro chão enquanto cantava. Não cantava porra nenhuma, mas fedia pra cacete. E, cara, fiquei feliz de não usar heroína porque um dos irmãos começou a gemer, com os braços apertando o corpo, suor escorrendo pela cara do pobre-diabo como água num tanque. Eu não era muito mais velho que ele, e realmente queria poder ajudar o cara, mas sabia que não podia fazer nada. E fiquei pensando que os policiais que puseram ele no camburão sabiam que o cara estava *doente*. Eu *sei* que eles sabiam disso. Ele não devia estar lá — não passava de uma criança. Mas os sacanas que puseram ele no camburão, cara, eles deviam estar se esporrando nas calças enquanto faziam aquilo. Acho que não tem um branco neste país que *não fique* de pau duro ao ouvir um preto gemendo.

"Bem, chegamos lá e eu ainda não tinha pensado pra quem podia telefonar. Queria cagar e morrer, mas sabia que não podia fazer nenhuma dessas duas coisas. Achei que só iam me deixar cagar depois de terem tudo preparado. Até lá, tinha que me aguentar como podia, e era pura babaquice pensar em querer morrer porque eles podiam me matar na hora que quisessem, e talvez eu fosse mesmo morrer naquele dia. Antes de cagar. E então pensei outra vez na minha mãe. Agora eu *sabia* que ela estava preocupada."

Às vezes o Fonny o abraçava, às vezes eu o abraçava. Às vezes ele ficava na janela, de costas para nós.

"Não posso contar mais nada pra vocês — talvez tenha um monte de merda que nunca vou *poder* contar pra ninguém. Me pegaram por causa da maconha e depois com o troço do carro — aquele carro que eu nunca nem vi. Acho que simplesmente precisavam de um ladrão de carros naquele dia. Queria muito saber de quem era o carro. Tomara que não fosse de um negro."

Então, às vezes o Daniel sorria, às vezes enxugava os olhos. Comíamos e bebíamos juntos. Ele estava se esforçando para superar alguma coisa, alguma coisa indescritível que buscava vencer com todas as forças que um homem pode reunir. E às vezes eu o abraçava, às vezes Fonny o abraçava: éramos tudo o que ele tinha.

Na terça-feira, depois de ter me encontrado na véspera com o Hayward, vi o Fonny na visita das seis horas. Nunca o tinha visto tão perturbado.

"Que porra nós vamos fazer com a sra. Rogers? Onde é que essa puta se meteu?"

"Não sei. Mas vamos achar ela."

"*Como é que vão achar ela?*"

"Estão mandando gente pra Porto Rico. Achamos que é pra lá que ela foi."

"E se tiver ido pra Argentina? Ou pro Chile? Ou pra China?"

"Fonny. Por favor. Como é que ela pode ir pra tão longe?"

"Eles podem ter dado dinheiro pra ela ir pra qualquer lugar."

"Quem?"

"O gabinete do procurador, quem mais seria?"

"Fonny…"

"Não acredita em mim? Acha que eles não podem?"

"Acho que não fizeram."

"Como vocês vão arranjar dinheiro pra encontrar ela?"

"Estamos todos trabalhando, todos nós."

"Sei. Meu pai trabalhando numa fábrica de roupas, você na loja de departamentos, seu pai no cais!"

"Fonny. Escuta…"

"Escuta o quê? O que vamos fazer com essa porra desse advogado de merda? Ele está cagando pra mim, está cagando pra *todo mundo*! Quer que eu morra aqui? Sabe o que acontece aqui? Sabe o que está acontecendo *aqui* comigo, comigo, comigo?"

"Fonny. Fonny. Fonny."

"Desculpe, querida. Não é nada com você. Desculpe. Eu te amo, Tish. Desculpe."

"Eu te amo, Fonny. Eu te amo."

"Como vai o bebê?"

"Crescendo. Vai começar a aparecer mais no mês que vem."

Ficamos nos olhando fixamente.

"Me tira daqui, querida. Me tira daqui, por favor."

"Prometo. Prometo. Prometo."

"Não chora. Desculpe que eu gritei. Não estava gritando com você, Tish."

"Eu sei."
"Não chora, por favor. Por favor, não chora. É ruim pro bebê."
"Está bem."
"Me dá um sorriso, Tish."
"Assim está bem?"
"Você sabe dar um melhor."
"Melhorou?"
"Agora sim. Me dá um beijo."
Beijei o vidro. Ele beijou o vidro.
"Você ainda me ama?"
"Sempre vou te amar, Fonny."
"Eu te amo. Sinto falta de você. Sinto falta de tudo em você, sinto falta de tudo o que tínhamos juntos, tudo o que fazíamos juntos, andar e falar e fazer amor — ah, querida, me tira daqui."
"Vou tirar. Aguenta mais um pouco."
"Prometo. Tchau."
"Tchau."
Ele seguiu o guarda para entrar de novo naquele inferno inimaginável, e eu me pus de pé, os joelhos e os cotovelos tremendo, para atravessar mais uma vez o Saara.

Sonhei naquela noite, sonhei a noite toda, tive pesadelos terríveis. Num deles, o Fonny estava numa estrada dirigindo um caminhão, um caminhão enorme, correndo muito, correndo demais, e procurava por mim. Mas não me via. Eu estava atrás do caminhão, chamando por ele, mas o ronco do motor abafava minha voz. Havia duas saídas naquela estrada que pareciam iguaizinhas. A estrada corria junto a uma falésia, acima do mar. Uma das saídas levava à porta de nossa casa; a outra, à beira do precipício e a uma queda direta no mar. Ele dirigia rápido demais, rápido demais! Chamei seu nome tão alto quanto podia e, quando ele começou a mudar a direção do caminhão, gritei e acordei.

A luz estava acesa e Sharon se debruçava sobre mim. Não posso descrever seu rosto. Ela tinha trazido uma toalha molhada com água fria, que passou na minha testa e no meu pescoço. Abaixou-se e me beijou.

Então se aprumou e olhou no fundo dos meus olhos.

"Sei que não posso te ajudar muito nessa hora — Deus sabe o que eu não daria pra poder te ajudar. Mas, se isso ajuda, sei o que você está passando. Sei que vai acabar. Não vou contar nenhuma mentira, dizendo que sempre acaba bem. Às vezes acaba mal. Você pode sofrer tanto que chega um ponto em que nunca mais consegue sofrer: e isso é o pior."

Pegou minhas mãos e as apertou entre as dela.

"Tenta se lembrar disso. E a única maneira de fazer *alguma coisa* é quando a gente decide fazer mesmo. Sei que uma porção de nossa gente, uma porção de nossos homens morreu na prisão: mas não *todos*. Lembre-se disso. E na verdade você não está sozinha nesta cama, Tish. Tem essa criança debaixo do seu coração e nós todos contamos com você, o Fonny está contando com você, para nos trazer aqui essa criança sã e salva. Você é a única pessoa que pode fazer isso. E é forte. Confia na sua força."

Eu disse: "Sim, mamãe". Eu sabia que não tinha força nenhuma. Mas ia encontrar alguma, em algum lugar.

"Você está bem agora? Consegue dormir?"

"Sim."

"Não quero parecer boba. Mas lembre que foi o amor que te trouxe até aqui. Se você confiou no amor até agora, tente não entrar em pânico."

E me beijou mais uma vez; apagou a luz e foi embora.

* * *

Fiquei lá totalmente desperta e muito assustada. *Me tira daqui.* Lembrei de mulheres que eu tinha conhecido, sem prestar muita atenção nelas, e que haviam me assustado por saberem usar seu corpo para obter o que queriam. Comecei então a entender que meu julgamento daquelas mulheres tinha muito pouco a ver com moralidade. (Comecei também a me perguntar sobre o significado dessa palavra.) Meu julgamento tinha a ver com meu entendimento de que elas pareciam querer muito pouco. Para mim era inconcebível me vender por um preço tão baixo. Mas por um preço mais alto? Pelo Fonny?

E adormeci por algum tempo; acordei de novo. Nunca tinha me sentido tão cansada em toda a minha vida. Sentia dores pelo corpo todo. Olhei para o relógio e vi que logo, logo teria que me levantar para ir ao trabalho, a não ser que alegasse estar doente. Mas não podia alegar que estava doente.

Me vesti e fui para a cozinha tomar chá com mamãe. Joseph e Ernestine já tinham saído. Mamãe e eu tomamos nosso chá quase em silêncio total. Alguma coisa girava sem parar na minha cabeça: eu era incapaz de falar.

Cheguei na rua. Eram oito e pouco. Eu costumava andar pela manhã naquelas ruas, que nunca estavam vazias. Passei pelo velho negro cego na esquina. Talvez o tivesse visto toda a minha vida. Mas só então me perguntei, pela primeira vez, sobre a vida dele. Uns quatro ou cinco garotões, todos viciados, conversavam na esquina. Algumas mulheres andavam rápido para chegar a tempo no trabalho. Tentei ler seus rostos. Outras mulheres enfim descansariam um pouco, deixando a avenida para chegar aos quartos mobiliados que alugavam. As ruas transversais estavam cheias de lixo, mas havia lixo empilhado também junto aos degraus de entrada de todos os prédios da avenida. Pensei que, se fosse me prostituir, era melhor que não fosse ali. Levaria tanto tempo quanto se eu estivesse lavando assoalhos, e seria bem mais doloroso. O que eu estava realmente pensando era o seguinte: sei que não posso fazer isso antes de o bebê chegar, mas, se até lá o Fonny não tiver saído, talvez eu precise tentar. Talvez seja melhor eu ir me preparando. Mas havia outra coisa girando no fundo da minha mente, que eu ainda não tinha tido coragem de encarar.

Me preparar, agora? Desci os degraus, passei pela catraca e fiquei na plataforma do metrô, ao lado dos outros. Quando o trem chegou, fiz força para entrar, como os outros, e me encostei num suporte de metal, enquanto o bafo e o cheiro deles me envolvia. Minha testa estava coberta de suor frio, que também corria dos sovacos e pelas costas. Não tinha pensado nisso antes porque sabia que teria de continuar trabalhando até o último minuto que pudesse; mas agora comecei a me perguntar exatamente como, depois que ficasse mais pesada e mais suscetível aos enjoos, eu poderia ir para o trabalho. Se eu desmaiasse, aquelas pessoas, entrando e saindo, simplesmente matariam a mim e ao bebê pisando em meu corpo. *Contamos com você — O Fonny está contando com você — O Fonny está contando com você, para nos trazer aqui essa criança sã e salva.* Segurei a barra branca com mais firmeza. Meu corpo gelado tremia.

Olhei em torno do vagão do metrô. Lembrava um pouco os desenhos que eu tinha visto dos navios negreiros. Claro que nos navios em que traziam os escravos não havia jornais, ainda não precisavam deles; no entanto, em matéria de espaço (e talvez também de intenção), o princípio era exatamente o mesmo. Um homem corpulento, cheirando a molho apimentado e pasta de dente, soltou um bafo forte na minha cara. Ele não tinha culpa de precisar respirar, ou de que minha cara estivesse lá. O corpo dele também se apertou ao meu, bem apertado, mas isso não significava que estivesse pensando em me estuprar e nem mesmo pensando em mim. Provavelmente ele só estava pensando — e vagamente — em como ia enfrentar mais um dia no trabalho. E com certeza não me viu.

E quando um vagão de metrô está apinhado — a menos que esteja cheio de gente que se conhece, indo, por exemplo, a um piquenique —, ele fica quase silencioso. É como se todo mundo estivesse apenas prendendo a respiração, esperando para sair dali. Cada vez que o trem para numa estação, e algumas pessoas empurram a gente para o lado para saírem — como aconteceu com o homem que cheirava a molho apimentado e pasta de dente —, parece que se ouve um grande suspiro, que é imediatamente sufocado pelos que entram. Uma moça loura, carregando uma caixa de chapéu, passou a bafejar sua ressaca no meu rosto. Chegamos à minha estação, desci do vagão, subi os degraus e atravessei a rua. Enveredei pela entrada de serviço, bati o ponto, guardei minha roupa e fui para o meu balcão. Cheguei um pouco tarde no pavimento em que trabalho, mas tinha batido o ponto a tempo.

O gerente da minha seção, um rapaz branco e bem simpático, fez uma careta fingida de repreensão enquanto eu corria para meu lugar.

Não eram só velhas brancas que vinham ao balcão para cheirar as costas da minha mão. Muito raramente um negro chegava perto daquele balcão, e, quando o fazia, suas intenções eram com frequência mais generosas e sempre mais precisas. Talvez, para um homem negro, eu realmente lembrasse muito de perto uma irmã mais nova indefesa. Ele não gostaria que eu me tornasse uma puta. E talvez alguns deles se aproximassem simplesmente para olhar em meus olhos, ouvir minha voz ou apenas verificar o que estava acontecendo. E nunca cheiravam as costas da minha mão: um homem negro estende as costas da mão *dele* para que você a borrife, e então ele próprio a leva até o nariz. E não se dá ao trabalho de fingir que veio comprar algum perfume. Às vezes compra algum; na maioria das vezes, não. Às vezes, a mão que desceu do nariz forma secretamente um punho cerrado, e, com uma prece, com tal saudação, ele se afasta. Mas um homem branco leva a mão da gente até o nariz dele e a mantém lá. Durante todo o dia observei as pessoas com alguma coisa girando e girando em minha mente. Ernestine veio me buscar no fim do dia. Disse que a sra. Rogers havia sido localizada em Santurce, Porto Rico, e que um de nós precisaria ir lá.

"Com Hayward?"
"Não. Hayward tem que lidar com Bell e com o procurador aqui. Seja como for, dá pra entender que, por muitas e muitas razões, Hayward não pode ir. Seria acusado de intimidar uma testemunha."
"Mas é isso que *eles* estão fazendo!"
"Tish" — caminhávamos pela Oitava Avenida a caminho do Columbus Circle —, "seu bebê já estaria em idade de votar antes que pudéssemos provar *isso*."
"Vamos tomar o metrô ou o ônibus?"
"Vamos sentar em algum lugar até passar a hora do rush. De qualquer forma, a gente precisa conversar antes de falar com mamãe e papai. Eles ainda não sabem. Ainda não contei pra eles."

Então me dou conta do quanto Ernestine me ama, e ao mesmo tempo me lembro de que, afinal de contas, ela só é quatro anos mais velha que eu.

A sra. Victoria Rogers, nascida Victoria Maria San Felipe Sanchez, declara que na noite de 5 de março, entre onze e doze horas, no vestíbulo de sua casa, foi criminalmente assaltada por um homem que agora sabe ter sido Alonzo Hunt, e foi abusada pelo antes mencionado Hunt da forma sexual mais extrema e abominável, sendo forçada a sofrer as mais inimagináveis perversões sexuais.

Nunca a vi. Só sei que um engenheiro de origem irlandesa nascido nos Estados Unidos, Gary Rogers, foi para Porto Rico há cerca de seis anos e lá conheceu Victoria, que tinha na época uns dezoito anos. Casou-se com ela e a trouxe para o continente. Sua carreira degringolou e, aparentemente, isso fez com que ele se tornasse uma pessoa amarga. Em todo caso, depois de lhe dar três filhos, abandonou a mulher. Não sei nada sobre o homem com quem ela vivia na Orchard Street, o qual deve tê-la acompanhado na fuga para Porto Rico. Presume-se que as crianças continuam no continente, com os parentes dela. Seu "domicílio" é na Orchard Street. Ela morava no quarto andar. Se o estupro aconteceu no "vestíbulo", então ela foi atacada no térreo, debaixo da escada. Poderia ter ocorrido no quarto andar, mas parece improvável: há quatro apartamentos naquele piso. A Orchard Street, se é que você conhece Nova York, fica muito longe da Bank Street. A Orchard Street é bem pertinho do East River, enquanto a Bank Street fica do outro lado, praticamente na margem do rio Hudson. É impossível correr da Orchard para a Bank, em especial com a polícia em seu encalço. No entanto, Bell *jura* que viu o Fonny "fugir correndo da cena do crime". Isso só seria possível se Bell não estivesse trabalhando naquela hora, pois suas "rondas" são feitas no West Side, e não no East Side. Apesar disso, Bell pôde prender o Fonny na frente da nossa casa na Bank Street. E então cabe ao acusado provar, e pagar para provar, a irregularidade e a improbabilidade dessa sequência de fatos.

* * *

Ernestine e eu nos sentamos na última cabine de um bar perto do Columbus Circle.

O jeitão da Ernestine comigo, e com todas as suas crianças, consiste em dizer alguma coisa dura e depois se recostar, calculando como você vai lidar com a situação. Ela precisa saber disso para calcular sua própria posição: a rede precisa estar no lugar.

Naquele momento, talvez por ter passado a maior parte do dia e a noite anterior com meus temores — e com os cálculos — sobre a possível venda do meu corpo, comecei a considerar a realidade do estupro.

Perguntei: "Você acha que ela foi mesmo estuprada?".

"Tish. Não sei o que está se passando nessa sua mente frenética e caótica, mas essa pergunta não tem nada a ver com nada. Quanto à nossa situação, querida, ela foi estuprada. É isso." Fez uma pausa e tomou um gole do drinque. Soou muito calma, mas sua testa estava tensa, revelando inteligência e pavor. "Acho mesmo que ela foi estuprada e não tem ideia de quem fez isso, provavelmente nem seria capaz de reconhecer o homem se passasse por ele na rua. Reconheceria se o sujeito a estuprasse *de novo*. Mas então já não seria estupro — se é que entende o que estou querendo dizer."

"Entendo o que você quer dizer. Mas por que ela acusa o Fonny?"

"Porque o Fonny foi apresentado a ela como o estuprador, e é muito mais fácil dizer sim do que tentar reviver a porra toda outra vez. Desse jeito, está acabado. Pra ela. Exceto pelo julgamento. Mas, então, estará realmente acabado. Pra ela."

"E pra nós também?"

"Não." Ela me olhou fixamente. Pode parecer engraçado dizer isso, mas admirei sua coragem. "Não vai ter acabado pra

nós." Ela falou com muito cuidado, me observando o tempo todo. "De certa forma, talvez nunca acabe pra nós. Mas não vamos falar nisso agora. Escuta. Temos que pensar com muita seriedade, e de outro jeito. É por isso que eu queria tomar um drinque sozinha com você antes de irmos pra casa."
"O que você está tentando me dizer?"
De repente fiquei muito assustada.
"Escuta. Acho que não vamos conseguir fazer ela mudar o depoimento. Você tem que entender: ela não está mentindo."
"O que você está querendo dizer? Que merda é essa que ela não está mentindo?"
"Pode me ouvir? Por favor? Claro que ela está *mentindo*. *Nós* sabemos que ela está mentindo. Mas ela não está *mentindo*. Pra ela, foi o Fonny que a estuprou, e estamos conversados, ela não precisa mais lidar com isso. Está terminado. Pra ela. Se mudar o depoimento, vai ficar louca. Ou se transformar em outra mulher. E você sabe com que frequência as pessoas enlouquecem e como é raro que se transformem."
"Então, o que podemos fazer?"
"Temos que desmentir os argumentos da promotoria. Não adianta dizer que *eles* têm que provar os fatos, porque pra eles a acusação *é* a prova — e é exatamente assim que os idiotas do júri vão entender, sem criar nenhum problema. *Eles* são mentirosos também — e *nós* sabemos que são mentirosos. Mas *eles* não sabem."
Por algum motivo, lembrei-me de uma coisa que alguém havia me dito muito tempo atrás, talvez o próprio Fonny: *Um idiota nunca diz que é um idiota.*
"Não podemos desmentir. O Daniel está na cadeia."
"É, mas Hayward vai ver ele amanhã."
"Isso não quer dizer nada. Aposto que o Daniel ainda vai mudar o depoimento."

"Pode ser que sim, pode ser que não. Mas tenho outra ideia."
Lá estávamos sentadas naquele bar sujo, duas irmãs tentando ser racionais.
"Digamos que aconteça o pior. A sra. Rogers não muda o depoimento. Digamos que o Daniel mude o dele. Só sobra então o policial Bell, não é mesmo?"
"Sim. E daí?"
"Bom, eu tenho a ficha dele. Uma longa ficha. Posso provar que ele matou um garoto negro de doze anos, no Brooklyn, dois anos atrás. Por isso é que foi transferido para Manhattan. Conheço a mãe do garoto assassinado. E conheço a mulher do Bell, que odeia ele."
"Ela não pode depor contra ele."
"Não precisa depor contra ele. Basta se sentar naquele tribunal e ficar olhando pra ele..."
"Não entendo como isso pode nos ajudar — em *nada*..."
"Sei que não entende. E talvez você tenha razão. Mas, se o pior acontecer — e é sempre melhor contar com isso —, então nossa tática tem que ser destruir a credibilidade da única testemunha oficial."
"Ernestine", eu disse, "você está sonhando."
"Acho que não. Estou jogando. Se conseguir que essas duas mulheres, uma branca e uma negra, se sentem naquele tribunal, e se Hayward fizer o trabalho direito, podemos desmentir a acusação durante o interrogatório feito pela defesa. Tish, lembre-se de que, afinal de contas, o caso é bem fraco. Se o Fonny fosse branco, nem existiria um processo."
Bem, eu entendo o que ela quer dizer. Sei que tem uma boa cabeça. Trata-se de apostar num azarão. Mas, na nossa situação, só resta mesmo isso. Simplesmente não temos alternativa. E também me dou conta de que, se fosse factível, poderíamos mui-

to bem estar sentadas ali, racionais, muito racionais, examinando como poderíamos estourar os miolos do Bell. E, quando isso fosse feito, daríamos de ombro e tomaríamos outro drinque: a coisa é assim. As pessoas não sabem.
"Sim, está bem. E a questão de Porto Rico?"
"Essa é uma das razões por que eu queria falar com você. Antes de conversarmos com mamãe e papai. Olha, *você* não pode ir. Tem que ficar aqui. Pra começar, sem você, o Fonny entra em pânico. Não sei se *eu* poderia ir. Preciso manter o maçarico aceso no cu do Hayward. Obviamente, um homem não pode ir. Papai não pode ir, e Deus sabe que Frank não pode ir. Sobra a mamãe."
"Mamãe?"
"Sim."
"Ela não vai querer ir pra Porto Rico."
"É verdade. E odeia andar de avião. Mas quer tirar o pai do seu bebê da cadeia. Claro que não quer ir pra Porto Rico. Mas vai."
"E o que você acha que ela pode *fazer*?"
"O que nenhum detetive particular pode. Ela pode ser capaz de quebrar a resistência da sra. Rogers. Talvez não. Mas, se puder, estamos por cima. E se não puder, bem, não perdemos nada, e pelo menos sabemos que tentamos."
Observo sua testa. Está bem.
"E o Daniel?"
"Já te disse. Hayward vai ver ele amanhã. *Talvez* tenha conseguido ver hoje. Vai telefonar pra gente de noite."
Recostei-me no banco.
"Puta merda."
"É. Mas agora estamos mergulhadas na merda até o pescoço."
Então ficamos em silêncio. Percebi, pela primeira vez, que o bar era barulhento. Olhei ao redor. Na verdade era um lugar

horrível, e me dei conta de que as pessoas ali só podiam supor que eu e Ernestine fôssemos putas cansadas, ou um casal de lésbicas, ou as duas coisas. Bem, agora com certeza estamos mergulhadas na merda, e pode piorar. Certamente vai piorar — e então sinto alguma coisa debaixo das minhas costelas, quase tão difícil de captar quanto um sussurro numa sala cheia de gente e tão precisa quanto uma teia de aranha, chocando e surpreendendo meu coração. Mas aquele ligeiro toque, aquele sinal, me avisa que o que pode piorar pode também melhorar. Sim. Vai piorar. Mas o bebê, virando-se pela primeira vez naquele incrível invólucro de água, anuncia sua presença e me convoca; me diz, naquele instante, que o que pode piorar pode também melhorar; e o que pode melhorar pode também piorar. E que tudo isso — sempre — só depende de mim. O bebê não pode chegar aqui sem mim. E, embora de certo modo eu talvez soubesse disso, agora o bebê sabe, e me diz que, mesmo se for pior quando ele sair do invólucro de água, o que piora também pode melhorar. Vai ficar ali ainda por algum tempo: mas está se preparando para uma transformação. E eu tenho que fazer o mesmo.

Eu disse: "Tudo bem, não tenho medo".

Ernestine sorriu e disse: "Então vamos em frente".

Joseph e Frank, como soubemos depois, também tinham estado num bar, e isto foi o que se passou entre eles:

Por não ter filhos homens, Joseph levava certa vantagem sobre Frank — embora só agora ele começasse a perceber ou, melhor, a suspeitar disso. Ele sempre quis um filho homem. Isso custou bem mais a Ernestine do que a mim, porque, quando vim ao mundo, ele já estava reconciliado. Se tivesse tido filhos homens, talvez estivessem mortos ou em cana. E ambos sabiam, frente a frente na cabine de um bar na Lenox Avenue, que era um milagre que as filhas de Joseph não fossem viciadas em drogas. Os dois sabiam mais do que gostariam de saber, e certamente mais do que cada um poderia dizer, sobre os desastres sofridos pelas mulheres na casa de Frank.

E Frank baixou a vista, segurando firme o copo com as duas mãos: *ele* tem um filho homem. E Joseph bebericou a cerveja, observando-o. Aquele filho agora é também *seu* filho, e isso torna Frank seu irmão.

Ambos se aproximam dos cinquenta anos e ambos estão metidos numa terrível encrenca. Nenhum deles demonstra isso. Joseph é bem mais escuro que Frank, pele negra, olhos fundos e velados, expressão severa, uma testa tão alta que faz a gente pensar em catedrais, com uma veia pulsando no lado esquerdo. Os lábios estão sempre um tanto retorcidos. Só os que o conhecem — só os que o amam — sabem quando essa expressão significa hilaridade, amor ou fúria. A compreensão é dada pela veia pulsante na testa. Os lábios pouco se alteram, os olhos variam o tempo todo: e quando Joseph está feliz, quando ri, algo absolutamente miraculoso acontece. Juro que ele dá a impressão — e olha que seus cabelos estão ficando grisalhos — de ter treze anos. Uma vez pensei que sem dúvida tinha dado sorte de não tê-lo conhecido quando ele era jovem, e depois pensei: "Mas você é filha dele", e então fiquei paralisada e silenciosa, pensando: "Caralho!".

Frank tem a pele mais clara, é mais magro. Não acho que se possa descrever papai como um homem bonito, mas Frank, sim. Não quero menosprezá-lo ao dizer isso porque aquele rosto o fez pagar um preço terrível, que continua a pagar. As pessoas nos fazem pagar pela fisionomia que temos, que é também a maneira como *você* imagina ser, e o que o tempo escreve numa face humana é o registro dessa colisão. Frank sobreviveu a esse choque, por pouco. Sua testa tem tantas rugas quanto a palma de uma mão impossível de ser lida; os cabelos, que vão se tornando grisalhos, são abundantes e se erguem violentamente a partir do bico em forma de V na testa. Os lábios não são tão grossos quanto os de Joseph e não se contorcem; pelo contrário, estão sempre bem cerrados, como se ele desejasse fazê-los desaparecer. As maçãs do rosto são altas, e os grandes olhos inclinam-se ligeiramente para cima, como os do Fonny — Fonny herdou os olhos do pai.

Joseph certamente não percebe isso assim como sua filha, mas encarou Frank em silêncio, forçando-o a levantar a vista.

"O que é que nós vamos fazer?", Frank perguntou.

"Bom, a primeira coisa que precisamos fazer", disse Joseph, resoluto, "é parar de culpar um ao outro, e parar de nos culparmos. Se não pudermos fazer isso, cara, nunca vamos tirar o rapaz da cadeia, porque *nós* vamos estar fodidos. E não podemos estar fodidos agora, cara, e você sabe o que estou querendo dizer."

"Cara, e o que vamos fazer sobre o dinheiro?", perguntou Frank com seu sorrisinho.

Joseph perguntou de volta: "Você alguma vez teve dinheiro?".

Frank o encarou sem dizer nada — apenas o questionou com os olhos.

Joseph perguntou de novo: "Você alguma vez teve dinheiro?".

Frank respondeu, por fim: "Não".

"Então, por que está preocupado agora?"

Frank voltou a encará-lo.

"Conseguiu alguma grana de um jeito ou de outro, não foi? Você sustenta elas de alguma maneira, não é? Se a gente começar a se preocupar com o dinheiro agora, cara, aí estamos fodidos de vez e vamos perder nossas crianças. Esses homens brancos, cara — e tomara que os sacos deles murchem e seus cus apodreçam —, eles *querem* que você se preocupe com o dinheiro. Esse é o jogo deles. Mas, se chegamos até aqui sem dinheiro, podemos ir mais longe. Não estou preocupado com o dinheiro. De qualquer forma, eles não têm direito a esse dinheiro; eles roubaram de nós. E não tem ninguém pra quem eles não tenham mentido ou de quem não tenham roubado. Pois bem, eu também posso roubar. *E* assaltar. Como você acha que eu criei minhas filhas? Merda."

Mas Frank não é Joseph. Ele voltou a contemplar a bebida.

"O que você acha que vai acontecer?"

"Depende da gente", disse Joseph, mais uma vez em tom decidido.

"Isso é fácil de falar", disse Frank.

"Não se estiver falando pra valer", retrucou Joseph.

Fez-se um longo silêncio, nenhum dos dois abriu a boca. Até a vitrola automática parou de tocar.

Finalmente, Frank disse alguma coisa: "Acho que amo o Fonny mais do que qualquer pessoa no mundo. E fico envergonhado, cara, eu juro, porque ele era um garoto muito carinhoso, mas muito macho, não tinha medo de nada — talvez só da mãe. Ele nunca entendeu a mãe". Frank parou. "E não sei o que eu devia ter feito. Não sou uma mulher. E tem algumas coisas que só uma mulher pode fazer com uma criança. E pensei que ela amava ele — como acho que pensei que algum dia ela me amou." Frank tomou um gole e tentou sorrir. "Não sei se fui um bom pai pra ele — um pai *de verdade*. E agora ele está na cadeia e não foi por culpa dele e nem sei como tirar ele de lá. Sou mesmo um bosta."

"Bom", disse Joseph, "*ele* com certeza acha que você é um bom pai. Ele te ama e te respeita. Lembre-se que *eu* posso saber disso muito melhor que você. E vou te dizer mais uma coisa: seu

filho é o pai do bebê da minha filha. E então, você vai ficar sentado aí e se comportar como se nada pudesse ser feito? Temos uma criança a caminho, cara. Quer que eu te dê umas porradas?" Ele falou com ferocidade, mas, um momento depois, sorriu. "Eu sei, eu sei", disse então cuidadosamente. "Mas conheço alguns macetes e você conhece alguns macetes: são nossas crianças e temos que libertar elas." Joseph terminou a cerveja. "Por isso, amigo, vamos acabar de beber e meter a cara. Temos um monte de merda pela frente e precisamos cuidar de tudo com urgência."
Frank bebeu o resto da cerveja e se aprumou.
"Tem razão, companheiro. Vamos resolver isso."

O julgamento do Fonny continuava a ser adiado. Esse fato, paradoxalmente, me obrigou a compreender que a preocupação de Hayward era genuína. No começo, eu não achava que ele se importasse muito. Hayward nunca tinha cuidado de um caso como o do Fonny, e foi Ernestine, agindo em parte com base em sua experiência mas sobretudo por instinto, que o obrigou a aceitar. Porém, uma vez dentro do caso, ele sentiu um forte cheiro de merda e não teve alternativa senão ir mais fundo. Por exemplo, tornou-se logo óbvio que o grau de preocupação dele para com seu cliente — ou o fato de que tinha algum interesse genuíno por seu cliente — o pôs em conflito com as autoridades. Como não esperava que isso acontecesse, Hayward ficou de início surpreso, mas depois assustado e por fim enraivecido. Ele entendeu de imediato que estava entre a cruz e a caldeirinha: não podia evitar a caldeirinha, mas tampouco admitia a hipótese de correr humildemente para a cruz. Isso teve como efeito isolá-lo, marcá-lo, e, ao aumentar o risco do Fonny, ao mesmo tempo aumentava sua responsabilidade. Não servia para nada eu desconfiar dele, Ernestine lhe fazer sermões, mamãe ser lacônica e, para Joseph, ele não passar de mais um branquelo com diploma universitário.

Embora de início eu naturalmente tivesse minhas dúvidas, não sou de fato uma pessoa que possa ser chamada de desconfiada. De todo modo, com o passar do tempo, enquanto cada qual tentava esconder do outro o terror que sentia, nossa dependência mútua cresceu — não havia escolha. E, graças ao passar do tempo, comecei a ver que para Hayward a batalha foi adquirindo um caráter cada vez mais particular, que não tinha nada a ver com gratidão ou honra pública. Era um caso sórdido, banal, o estupro por um jovem negro de uma porto-riquenha ignorante — por que isso o mobilizava tanto? Como consequência, seus colegas o desprezavam e evitavam. Isso gerava outros riscos, inclusive, e em especial, o de que ele descambasse para a autocomiseração ou se tornasse quixotesco. Mas Fonny era uma presença real demais e Hayward orgulhoso demais para que isso acontecesse.

No entanto, a agenda estava cheia — levaria uns mil anos para julgar todas as pessoas nas prisões do país, mas os americanos são otimistas e ainda acreditam que tudo sai a tempo —, e juízes compreensivos ou meramente inteligentes são tão raros quanto nevascas nos trópicos. Havia o poder obsceno e a inimizade feroz do gabinete do procurador. Portanto, Hayward tinha uma margem diminuta de manobra para conseguir que Fonny fosse levado perante um juiz que realmente se dispusesse a ouvir sua defesa. Para isso, Hayward precisava de charme, dinheiro e uma coluna vertebral feita de aço temperado.

Ele conseguiu ver Daniel, que tinha apanhado. Não conseguiu soltá-lo porque Daniel havia sido incriminado por porte de entorpecentes. Sem se tornar advogado dele, estava proibido de visitá-lo. Então, sugeriu isso a Daniel, mas o encontrou evasivo e temeroso. Como Hayward suspeitava que Daniel também tivesse sido drogado, não sabia se teria coragem de convocá-lo como testemunha.

Portanto, lá estávamos nós. Mamãe começou a alargar minhas roupas, e eu ia para o trabalho usando calças e casaquinhos. Mas era evidente que eu não conseguiria continuar trabalhando por muito tempo: precisava visitar o Fonny sempre que pudesse. Joseph estava trabalhando dobrado, assim como Frank. Ernestine estava passando menos tempo com suas crianças porque arranjou um emprego de meio período como secretária particular de uma jovem atriz riquíssima e excêntrica, cujas conexões ela esperava intimidar e usar. Joseph roubava fria e sistematicamente no cais, enquanto Frank roubava na fábrica de roupas, ambos vendendo os produtos no Harlem ou no Brooklyn. Não nos diziam nada, mas sabíamos. Não nos diziam nada porque, se as coisas dessem errado, não poderíamos ser acusadas de cumplicidade. Não podíamos penetrar no silêncio deles, nem devíamos tentar. Cada um desses dois homens iria alegremente em cana, mataria um policial ou explodiria uma cidade para salvar seus filhos das chamas daquele inferno democrático.

Então, como Sharon precisava se preparar para a viagem a Porto Rico, Hayward a instruiu.

"Na verdade, ela não está em Santurce, mas um pouco além, no que antes podia se chamar de subúrbio, mas hoje é coisa bem pior, e acho que lá chamam de favela. Estive só uma vez em Porto Rico, por isso não vou tentar descrever uma favela. E tenho certeza que, quando voltar, você também não vai tentar descrever o que é."

Hayward lhe lançou um olhar ao mesmo tempo distante e intenso, entregando uma folha datilografada. "Aqui está o endereço dela. Mas acho que você vai compreender, assim que che-

gar lá, que a palavra 'endereço' quase não se aplica: seria mais correto falar em vizinhança."
Sharon, usando a boina bege, examinou a folha.
"Não tem telefone", disse Hayward, "e, seja como for, telefone é a última coisa de que você precisa. Em vez disso, pode mandar mensagens com sinais luminosos. Mas não é difícil de achar. Basta seguir seu nariz."
Eles se entreolharam.
"Agora", disse Hayward, e seu sorriso veio realmente acompanhado de uma expressão de dor, "só para tornar sua vida mais fácil, devo lhe dizer que não sabemos ao certo qual o nome que ela vem usando. O sobrenome de solteira é Sanchez — mas isso é um pouco como procurar aqui pela sra. Jones ou pelo sr. Smith. O sobrenome de casada é Rogers; mas não tenho certeza se é o que consta no passaporte. O nome daquele que podemos chamar de seu companheiro" — e então fez uma pausa para examinar outra folha e depois nos olhar — "é Pietro Thomasino Alvarez."
Entregou a folha a Sharon, que a leu com cuidado.
"E leve isso com você", disse Hayward. "Espero que ajude. Ela ainda tem essa aparência. Foi tirada na semana passada."
Passou para Sharon uma foto ligeiramente maior que as usadas nos passaportes.
Eu nunca a tinha visto. Fiquei de pé para ver por cima do ombro de Sharon. É loura — mas os porto-riquenhos são louros? Na foto, ela sorri como se estivesse com prisão de ventre, porém há vida naqueles olhos. Os olhos e as sobrancelhas são negros; os ombros escuros estão nus.
"Isso foi tirado numa boate?", Sharon perguntou. "Sim", Hayward respondeu, ambos se entreolhando.
"Ela trabalha lá?", perguntou Sharon.
"Não", respondeu Hayward. "Mas Pietro, sim."
Continuei a estudar, por cima do ombro de mamãe, o rosto da minha mais mortal inimiga.

Mamãe virou a foto de costas e a pôs sobre o colo.

"E qual é a idade desse Pietro?"

"Uns vinte e dois anos", disse Hayward.

E exatamente como diz a canção: *God arose! In a windstorm! And he troubled everybody's mind!* Fez-se silêncio no escritório. Mamãe inclinou-se para a frente, pensando mais adiante.

"Vinte e dois", ela disse, lentamente.

"Sim", confirmou Hayward. "Temo que esse detalhe nos faça ter que jogar uma partida bem diferente."

"O que é que exatamente você quer que eu faça?", perguntou Sharon.

"Que me ajude", respondeu Hayward.

"Bem", disse Sharon após alguns instantes, abrindo a bolsa e a carteira, guardando com todo cuidado os pedaços de papel, fechando a carteira, enterrando-a no fundo da bolsa e fechando-a com um estalido de metal, "então vou partir amanhã. Antes de ir, vou telefonar ou pedir que alguém telefone. Pra você saber onde estou."

Ela se levantou, ele se levantou, e caminhamos todos em direção à porta.

"Tem uma foto do Fonny com você?", Hayward perguntou.

"*Eu* tenho aqui", falei. Abri minha sacola e encontrei a carteira. Na verdade, tinha duas fotos, uma com o Fonny e eu encostados na grade da casa da Bank Street. Ele está com a camisa desabotoada até a altura do umbigo, o braço em volta da minha cintura, ambos estamos rindo. A outra é do Fonny sozinho, sentado em casa perto do toca-discos, com uma expressão pensativa e pacífica: é minha fotografia predileta dele.

Mamãe pegou as fotos e as entregou a Hayward, que examinou uma a uma. Depois as retomou das mãos de Hayward.

"São as únicas que você tem?", ela me perguntou.

"Sim", respondi.

Ela me devolveu a foto do Fonny sozinho. Pôs a outra com o Fonny e eu na carteira, que mais uma vez desceu às profundezas de sua bolsa. "Essa aqui deve servir", ela disse. "Afinal, *é* a minha filha, e *ela* não foi estuprada." Trocou um aperto de mãos com Hayward. "Cruza os dedos, meu filho, e vamos esperar que a velha traga alguma coisa pra casa."

Ela se voltou na direção da porta, mas Hayward a reteve de novo.

"O fato de você ir a Porto Rico faz com que eu me sinta melhor do que tenho me sentido nas últimas semanas. Mas também tenho que lhe dizer: o gabinete do procurador está em contato permanente com a família Hunt — quer dizer, com a mãe e as duas irmãs, e a posição delas parece ser a de que o Fonny sempre foi incorrigível, nunca valeu nada."

Hayward fez uma pausa e nos olhou atentamente.

"Ora, se as autoridades conseguirem que três respeitáveis mulheres negras deponham ou deem testemunhos dizendo que o filho e irmão sempre foi uma criatura perigosamente antissocial, isso vai representar um golpe muito sério contra nós."

Fez nova pausa e se voltou para a janela.

"Na verdade — e como Galileo Santini não é um idiota —, será muitíssimo mais eficiente para ele não chamar nenhuma delas para prestar testemunho sobre o caráter do Fonny, porque isso evitará que eu as interrogue. Ele só precisa deixar claro ao júri que aquelas respeitáveis mulheres, todas muito beatas, estão arrasadas de tanta vergonha e pesar que sentem. E o pai pode ser ignorado como um beberrão imprestável, péssimo exemplo para o filho, inclusive por ter publicamente ameaçado estourar os miolos de Santini."

Voltou a nos observar com cuidado.

"Acho que provavelmente vou chamar você, Sharon, e o sr. Rivers para deporem sobre o caráter das pessoas envolvidas. Mas podem ver o que temos diante de nós..."

"É sempre melhor saber do que não saber", disse Sharon. Hayward deu um leve tapinha no ombro de Sharon.

"Por isso, tente nos trazer o que precisamos."

Pensei cá comigo: e eu vou me ocupar com aquelas irmãs e aquela mãe. Mas não falei nada, exceto: "Obrigada, Hayward. Adeus".

Sharon disse: "Muito bem. Entendi. Adeus". E caminhamos pelo corredor até os elevadores.

Lembro-me da noite em que o bebê foi concebido porque foi naquele dia que finalmente encontramos o lugar que vínhamos procurando. E o sujeito, que se chamava Levy, de fato ia nos alugar o espaço, não estava só de sacanagem. Era um morador do Bronx, de pele azeitonada, cabelos enrolados e cara alegre, talvez com seus trinta e três anos, olhos negros grandes e elétricos, e gostou de nós. Ele gostava de gente que se amava. O estúdio, próximo à Canal Street, era amplo e bem conservado. Tinha duas grandes janelas que davam para a rua e outras duas de fundo que davam para uma cobertura cercada de grades. Havia espaço para o Fonny trabalhar e, com todas as janelas abertas, ninguém ia morrer de calor no verão. Ficamos muito felizes com a cobertura porque lá se podia jantar, tomar uns drinques ou simplesmente se sentar à noite, abraçados, se quiséssemos.

"Ora", disse o Levy, "podem até levar os lençóis e dormir lá." Sorriu para o Fonny. "Fazer crianças lá. Foi *assim* que cheguei ao mundo." Minha principal recordação dele é que nos fez sentir totalmente à vontade. Rimos juntos. "Vocês dois devem fazer uns bebês muito bonitos", ele disse, "e, acreditem em mim, a porra do mundo está bem precisado deles."

Só nos pediu um mês adiantado, e uma semana depois eu levei o dinheiro. Quando o Fonny se meteu na encrenca, o Levy

fez uma coisa muito estranha e, acho eu, muito linda. Me chamou e disse que eu poderia pegar o dinheiro de volta a qualquer momento. Mas, continuou, não alugaria aquele estúdio para mais ninguém, só para nós. "Não posso", ele disse. "Aqueles filhos da puta. O espaço fica vazio até que seu homem saia da prisão, e não estou de brincadeirinha, garota." Me deu seu número de telefone e pediu que, por favor, eu o procurasse caso ele pudesse fazer algo. "Quero que tenham seus filhos. É o que vai me dar prazer."
 Levy explicou e mostrou o funcionamento um tanto complicado das fechaduras e chaves. Nosso espaço ficava no último andar, o terceiro ou quarto. A escada era íngreme. Havia um conjunto de chaves para nosso estúdio com fechaduras duplas. Depois, uma porta no alto da escada, que nos separava do restante do prédio.
 "Cara", o Fonny perguntou, "o que é que eu faço em caso de incêndio?"
 "Ah", disse o Levy, "esqueci."
 Ele destrancou as portas e voltamos para o estúdio. Nos levou até a beirada da cobertura, onde ficava a cerca. Na extremidade direita da cobertura, a cerca se abria, transformando-se numa passarela estreita. Por ela se chegava a alguns degraus de metal que conduziam a um quintal. Uma vez no quintal, cercado de muros por todos os lados, era de se perguntar o que alguém poderia fazer ali: a impressão era de se ter caído numa armadilha. Seja como for, a pessoa não teria que pular de um edifício em chamas. Uma vez no chão, a única esperança era não ser enterrado sob os escombros candentes dos muros.
 "Bom, é o que é", disse o Fonny, amparando-me cuidadosamente pelo cotovelo e me levando de volta para a cobertura. Repetimos o ritual de fechamento das portas e descemos para a rua. "Não se preocupem com os vizinhos", disse Levy, "porque,

depois das cinco ou seis, não vão ver nenhum. Tudo o que existe por aqui são pequenas oficinas que exploram seus empregados, mas estão à beira da falência."

Do lado de fora, nos ensinou a trancar e destrancar a porta da frente.

"Entendeu?", perguntou ao Fonny.

"Entendi", Fonny respondeu.

"Vamos. Vou pagar um milk-shake pra vocês."

Depois de tomarmos milk-shake na esquina, Levy apertou nossas mãos e foi embora, dizendo que precisava voltar para casa, onde tinha mulher e dois filhos — um com dois anos e outro com três e meio. Entretanto, antes de partir, ele disse: "Olha, falei pra vocês não se preocuparem com os vizinhos. Mas fiquem de olho nos policiais. Eles são uns assassinos".

Uma das coisas mais terríveis e misteriosas da vida é que só reconhecemos um sinal de alerta em retrospecto: tarde demais.

Levy se foi; Fonny e eu caminhamos, de mãos dadas, pelas ruas largas, luminosas e movimentadas na direção do Village, rumo ao nosso cantinho. Conversamos e rimos muito. Atravessamos a Houston Street e entramos na Sexta Avenida — Avenida das Américas! —, com todas aquelas bandeiras de merda que nem vimos. Eu queria parar num dos mercadinhos da Bleecker Street para comprar tomates. Atravessamos a Avenida das Américas e rumamos para oeste, na Bleecker. Fonny mantinha uma das mãos em volta da minha cintura. Paramos numa banca de legumes e comecei a olhar.

Fonny odeia fazer compras. Ele disse: "Espera um minuto, vou comprar cigarros", e subiu a rua, dobrando a esquina.

Comecei a escolher os tomates, e me lembro que estava cantarolando para mim mesma. Procurei por uma balança e pelo homem ou pela mulher que pesaria os tomates e me diria quanto custavam.

Fonny tem razão quando diz que não sou muito esperta. Quando senti pela primeira vez aquela mão na minha bunda, achei que era o Fonny: então pensei que o Fonny nunca, mas nunca mesmo, me tocaria daquele jeito num lugar público.

Eu me virei, com os seis tomates nas mãos, e me vi diante de um rapazote italiano, franzino, seboso e com cara de marginal.

"Gosto muito de um tomate que entende de tomates", ele disse, lambendo os beiços e sorrindo.

Duas coisas me ocorreram ao mesmo tempo — três. A rua estava cheia de gente. Sabia que o Fonny voltaria a qualquer momento. Queria esborrachar os tomates na cara do garoto. Mas ninguém tinha realmente reparado em nós, e eu não desejava que o Fonny se metesse numa briga. Vi que um policial branco subia a rua devagar.

Levando em conta que eu era negra e que as ruas estavam apinhadas de brancos, dei meia-volta e entrei na loja, ainda com os tomates na mão. Encontrei uma balança e olhei ao redor para ver se alguém podia pesá-los, para que eu pagasse a conta e saísse antes que o Fonny voltasse da esquina. O policial estava agora do outro lado da rua, e o garotão me seguiu para dentro da loja.

"Oi, tomate doce. Você *sabe* que eu gosto de tomates."

E agora *tinha* gente nos observando. Eu não sabia o que fazer. A única coisa a fazer era sair da loja antes que o Fonny aparecesse. Tentei me mover, mas o sujeitinho bloqueou meu caminho. Olhei ao redor, buscando alguém que me ajudasse — as pessoas estavam acompanhando tudo, mas ninguém mexeu um dedo. Em desespero, decidi chamar o policial. Porém, quando me movi, o garoto agarrou meu braço. Provavelmente era um vagabundinho drogado, mas, quando me segurou, lhe dei um tapa na cara e cuspi nela. Nesse mesmo instante o Fonny entrou na loja.

Fonny agarrou o rapazote pelos cabelos, o jogou no chão, o pegou de volta, chutou suas bolas, o arrastou até a calçada e o derrubou de novo. Gritei e segurei o Fonny com toda força porque vi o policial — que estava na esquina mais adiante — atravessar a rua correndo, enquanto o garoto branco, sangrando, vomitava no meio-fio. Eu tinha certeza de que o policial ia matar o Fonny, mas ele não podia matá-lo se eu ficasse entre os dois. E, com todas as minhas forças, com todo meu amor, minhas preces, armada com o conhecimento de que o Fonny não *me* jogaria no chão, mantive a parte de trás da minha cabeça grudada no peito dele e, prendendo seus punhos com minhas mãos, encarei o policial. Eu disse: "Esse sujeito aí me atacou. Dentro da loja. Agora mesmo. Todo mundo viu".

Ninguém abriu a boca.

O policial passou os olhos por todos, voltando então a olhar para mim e, depois, para o Fonny. Eu não podia ver o rosto do Fonny. Mas podia ver a cara do policial: e sabia que eu não podia me mover, nem, caso fosse capaz, permitir que o Fonny se movesse.

"E onde é que você estava", o policial perguntou ao Fonny compassadamente, "enquanto tudo isso" — me olhou de cima a baixo como o rapaz tinha feito — "enquanto tudo isso estava acontecendo entre o garotão aí e" — nova olhada em minha direção — "sua garota?"

"Ele tinha ido ali na esquina comprar cigarros", eu disse, porque não queria que o Fonny falasse.

Esperava que ele me perdoasse mais tarde.

"É isso mesmo, moleque?"

Eu disse: "Meu senhor, ele não é um moleque".

Ele então olhou para mim, realmente olhou para mim pela primeira vez, e então, pela primeira vez, realmente olhou para o Fonny.

Nesse meio-tempo, algumas pessoas tinham ajudado o garoto a se levantar.

"Você mora aqui por perto?", o policial perguntou ao Fonny.

A parte de trás da minha cabeça continuava no peito do Fonny, mas ele havia soltado seus punhos de minhas mãos.

"Sim", disse Fonny, "na Bank Street", e deu o endereço ao policial.

Eu sabia que, a qualquer momento, o Fonny me afastaria com um repelão.

"Vamos ter que levar você à delegacia, rapaz, por crimes de agressão e lesão corporal."

Não sei o que teria acontecido se a senhora italiana que era dona da loja não tivesse falado. "Ah, não", ela disse, "conheço esse casal de jovens. Fazem compras aqui com frequência. O que a moça contou pra você é verdade. Eu vi os dois, agora há pouco, quando chegaram, e depois vi ela escolhendo os tomates enquanto o moço se afastou dizendo que ia voltar logo. Eu estava ocupada, não pude atender ela na hora. Os tomates ainda estão na balança. E esse merdinha aí, que não vale nada, atacou *mesmo* ela. E tomou o troco que merecia. O que *você* ia fazer se um homem atacasse *sua* mulher? Se é que tem uma..." Os espectadores soltaram risadinhas, o policial corou. "Vi exatamente o que aconteceu. Sou testemunha. E posso jurar que essa é a verdade."

Ela e o policial se encararam.

"Maneira engraçada de tocar um negócio", ele disse, passando a língua pelo lábio inferior.

"*Você* não vai querer *me* dizer como devo tocar o *meu* negócio", ela retrucou. "Cheguei nessa rua antes de você e vou estar aqui depois que você for embora." E, fazendo um gesto na direção do rapaz, sentado agora no meio-fio ao lado de alguns amigos, ela continuou: "Leve esse garoto miserável daqui, para Bellevue, para a Rikers Island — ou jogue ele no rio, não serve de nada pra ninguém. Mas não *tente* me assustar — *basta!*".

Reparei, pela primeira vez, que os olhos de Bell eram azuis, e seus cabelos, ou o que se podia ver deles, eram ruivos. Ele voltou a olhar para mim e depois para o Fonny. Lambeu os beiços de novo.

A senhora italiana voltou para a loja, tirou os tomates da balança e pôs tudo num saquinho.

"Bom", disse Bell, olhando fixamente para o Fonny, "vamos nos ver por aí."

"Pode ser que sim", disse o Fonny, "e pode ser que não."

"Não", disse a senhora italiana, retornando à calçada, "se eles ou eu virmos você primeiro." Então ela se voltou e me entregou o saquinho de tomates. Estava posicionada entre mim e Bell. Olhou no fundo dos meus olhos. "Você tem um homem bom", ela disse. "Leva ele pra casa. Pra longe desses porcos doentes." Olhei para ela. Ela tocou meu rosto. "Estou neste país faz muito tempo. Espero não morrer aqui."

Ela entrou de volta na loja. Fonny pegou os tomates e segurou o saquinho debaixo do braço; juntou o outro ao meu, e entrelaçamos nossos dedos. Saímos andando devagar em direção à nossa casa.

"Tish", disse o Fonny — baixinho, num tom assustadoramente tranquilo.

Quase sabia o que ele ia dizer.

"Sim?"

"Nunca tente me proteger outra vez. Não faça isso."

Eu sabia que ia dizer a coisa errada: "Mas você estava tentando *me* proteger".

"Não é a mesma coisa, Tish", ele disse com a mesma calma apavorante.

E, de repente, pegou o saquinho de tomates e os arrebentou

contra a parede mais próxima. Graças a Deus não havia nada na parede. Graças a Deus estava começando a escurecer. Graças a Deus os tomates se espatifaram sem fazer nenhum estrondo.

Eu sabia o que ele estava dizendo e sabia que tinha razão. Eu sabia que não devia dizer nada. Graças a Deus, ele não largou minha mão. Olhei para o chão, que não conseguia enxergar. Esperava que ele não ouvisse minhas lágrimas.

Mas ouviu.

Parou e, voltando-se em minha direção, me beijou. Afastou-se, me olhou, voltou a me beijar.

"Não pense que não sei que você me ama. Acha que vamos conseguir?"

Então me acalmei. Havia lágrimas no seu rosto, não sei se dele ou minhas. Beijei-o onde nossas lágrimas caíam. Comecei a dizer alguma coisa. Ele pôs um dedo sobre meus lábios. Deu seu sorrisinho.

"Não fala nada. Nem uma palavra. Vou levar você pra jantar. No nosso lugar espanhol, lembra? Só que dessa vez vou pagar a crédito."

Ele riu, eu ri, e continuamos a andar.

"Estamos sem dinheiro", Fonny disse a Pedrocito ao entrarmos no restaurante, "mas com muita fome. E o dinheiro vai chegar dentro de alguns dias."

"Dentro de alguns dias", disse Pedrocito, furioso, "é o que todos dizem! E, além disso" — batendo com a mão na testa num gesto de fingida incredulidade —, "imagino que gostariam de comer *sentados*!"

"Como não?!", disse o Fonny, sorrindo abertamente. "Se conseguir isso, vai ser ótimo."

"E numa *mesa*, certo?"

E olhou para o Fonny como se não pudesse acreditar no que estava vendo.

"Bom, eu... É, gostaria de uma mesa..."
"Ah!" Mas: "Boa noite, *señorita*", disse então Pedrocito, e sorriu para mim. "Faço por ela, sabe", disse ao Fonny. "É evidente que você não a alimenta direito." Nos levou até uma mesa, onde nos sentamos. "E, sem dúvida", fez uma careta, "gostariam de tomar umas margaritas?"

"Acertou outra vez", disse o Fonny.

Ambos riram, e Pedrocito desapareceu.

Fonny tomou minhas mãos nas dele.

"Oi", ele disse.

Eu disse: "Oi".

"Não quero que você leve a mal o que te disse antes. Você é uma garota boa e corajosa, e sei que, se não fosse por você, a essa altura meus miolos podiam estar espalhados pelo porão da delegacia."

Ele fez uma pausa e acendeu um cigarro. Fiquei o observando.

"Por isso, não quero dizer que você fez algo de errado. Acho que fez a única coisa que podia fazer. Mas tem que entender qual é o meu jeito."

Tomou outra vez minhas mãos entre as dele.

"Vivemos num país de porcos e assassinos. Fico com medo cada hora que você está longe de mim. E talvez o que aconteceu agora tenha sido culpa minha porque eu não devia nunca ter te deixado sozinha na loja de legumes, mas estava tão feliz — sabe, por causa do estúdio — que nem pensei..."

"Fonny, já fui naquela loja de legumes cem vezes e nada daquilo me aconteceu antes. Tenho que cuidar de você — de nós. Você não pode ir pra todo lugar que eu vou. Como pode ser *sua* culpa? Era só um merdinha dum drogado..."

"Um merdinha branco americano", disse o Fonny.

"Bom. Continua a não ser culpa *sua*."

Ele sorriu para mim.

"Eles puseram a gente num beco sem saída, querida. É duro, mas só quero que você entenda que eles podem nos separar me fodendo — ou podem nos separar fazendo com que *você* tente me proteger. Entende aonde eu quero chegar?"

"Entendo", eu disse finalmente, "entendo aonde quer chegar. E sei que é verdade."

Pedrocito voltou trazendo as margaritas.

"Temos nesta noite uma especialidade muito, *muito* espanhola", anunciou, "que estamos tentando servir pra todos aqueles fregueses que acham que Franco é um grande homem." Lançou um olhar inquisitivo para o Fonny. "Suponho que você não está exatamente nesta categoria, por isso não vou acrescentar o arsênico. Sem o arsênico, é um pouco menos forte, mas realmente muito bom, acho que vocês vão gostar. Confiam que não vou envenenar vocês? De qualquer forma, seria uma grande tolice minha te envenenar antes que você pague sua *tremenda* conta. Nós iríamos imediatamente à falência." Voltou-se para mim. "Confia em mim, *señorita*? Garanto que vamos preparar com todo o amor."

"Tome cuidado, Pete", disse o Fonny.

"Ah, sua mente parece um esgoto. Não merece uma garota tão bonita."

E voltou a desaparecer.

"Aquele policial", o Fonny disse, "aquele policial..."

"O que é que tem aquele policial?"

Mas, subitamente, sem saber por quê, fiquei tão imóvel e tão seca quanto uma pedra: com medo.

"Ele vai tentar me pegar", o Fonny respondeu.

"Como? Você não fez nada de errado. A senhora italiana disse isso, e falou que podia repetir aquilo sob juramento."

"É por isso que ele vai tentar me pegar", disse o Fonny. "Os

homens brancos não gostam *nem um pouquinho* quando uma senhora branca fala pra eles: 'Vocês são uns filhos da puta, o negro estava com razão e você pode ir tomar no cu'." Ele sorriu. "Porque foi isso que ela falou pra ele. Na frente de um monte de gente. E ele não podia fazer porra nenhuma. Mas também não vai esquecer nunca."
"Bom", eu disse, "daqui a pouco estamos mudando para o nosso estúdio."
"É verdade", ele disse, sorrindo de novo.
Pedrocito chegou com nossas especialidades.
Quando duas pessoas se amam, quando realmente se amam, tudo o que acontece entre elas tem um caráter sacramental. Às vezes pode parecer que estão muito distantes: não conheço tormento maior e vazio mais ecoante do que *When your lover has gone*! Mas, naquela noite, com nossos votos de amor tão misteriosamente ameaçados, e com ambos obrigados a encarar esse fato, embora de ângulos diferentes, estávamos mais profundamente unidos que nunca. *Cuidem um do outro*, Joseph tinha dito. *Vão descobrir que isso não é uma coisa assim tão simples.*
Depois do jantar e do café, Pedrocito nos ofereceu conhaque e se afastou, nos deixando a sós no restaurante quase vazio. Fonny e eu simplesmente ficamos ali sentados, bebericando o conhaque, falando pouco, de mãos dadas — nos curtindo. Terminado o conhaque, o Fonny perguntou: "Vamos?".
"Sim", respondi.
Queria estar sozinha com ele, em seus braços.
Ele assinou o cheque, o último que assinaria ali. Nunca me permitiram pagá-lo — dizem que se perdeu.
Nos despedimos e fomos andando para casa abraçados.
Havia uma radiopatrulha parada do outro lado da rua de casa. Quando o Fonny abriu o portão e destrancou a porta da frente, o carro da polícia foi embora. O Fonny sorriu, mas não disse nada. Eu não disse nada.

O bebê foi concebido naquela noite. Sei disso. Sei por causa da maneira que o Fonny me tocou, me segurou, me penetrou. Nunca me senti tão aberta antes. E, quando ele começou a tirar, não deixei, me agarrei a ele com toda força, gritando e gemendo e sacudindo o corpo no ritmo dele. E senti a vida, sua vida, me inundando, se oferecendo para que eu a guardasse. Depois ficamos imóveis. Não nos mexemos porque não podíamos. Nos abraçamos com tamanha intensidade que realmente podíamos ser um único corpo. O Fonny me acariciou e pronunciou meu nome antes de cair no sono. Eu estava muito orgulhosa. Tinha cruzado meu rio. Agora, éramos uma só pessoa.

Sharon chegou a Porto Rico num voo noturno. Como sabia exatamente de quanto dinheiro dispunha, sabia também o quanto devia se apressar: o tempo corria inexoravelmente contra ela.

Desceu do avião com centenas de outros passageiros e atravessou a pista sob um céu azul-escuro; algo no modo como as estrelas pareciam baixas, algo no modo como o ar acariciou sua pele, a fez lembrar da Birmingham que não visitava havia tanto tempo.

Como tinha trazido somente uma maleta, não precisou esperar na fila para recolher a bagagem. Hayward havia feito uma reserva para ela num pequeno hotel em San Juan, anotando o endereço num pedaço de papel.

Foi informada de antemão de que talvez fosse difícil encontrar um táxi.

Mas, obviamente, o advogado não pôde prepará-la para a chocante confusão que reinava no aeroporto de San Juan. Por isso, Sharon ficou parada por alguns instantes, tentando entender as coisas.

Usava um vestido verde de verão, minha mãe, e um chapéu

de abas largas de tecido também verde. Com a bolsa pendurada no ombro e a maleta na mão, ela estudou a cena. A primeira impressão foi que todos pareciam ser parentes. Não pela fisionomia ou pela linguagem, mas pela forma com que se relacionavam. Havia ali muitas cores, porém, ao menos no aeroporto, isso não parecia ter grande importância. Em vez de falar, as pessoas gritavam — era a única maneira de se fazerem ouvir, e todos estavam decididos a se fazerem ouvir. É totalmente impossível adivinhar quem estava partindo, quem estava chegando. Famílias inteiras pareciam ter acampado no aeroporto ao longo de várias semanas, com todas suas posses terrenas empilhadas ao redor — embora, Sharon notou, tais posses não fossem muito numerosas. Para as crianças, o aeroporto era apenas um modo mais desafiador de brincar de casinha.

Os problemas de Sharon eram reais e sérios. Como ela não podia se permitir ficar desesperada, dependia daquilo que fosse capaz de criar em matéria de ilusão: e a chave para a ilusão é a cumplicidade. O mundo vê o que deseja ver, ou, na hora da verdade, o que você manda que ele veja: ele não quer ver quem você é, o que você é ou por que você é. Só Sharon sabia que era minha mãe, só ela sabia o que estava fazendo em San Juan, sem ninguém para recebê-la. Antes que a especulação crescesse muito, precisava deixar claro que era uma visitante vinda dos Estados Unidos e que, não por culpa dela, desconhecia a língua espanhola.

Dirigiu-se ao balcão da Hertz e, chegando lá, sorriu com certa insistência para uma das jovens atendentes.

"Você fala inglês?", perguntou à moça.

Ansiosa para provar que sim, a moça levantou a vista, decidida a ajudar.

Sharon lhe entregou o endereço do hotel. A moça examinou o papel, olhou de volta para ela. Seu olhar fez com que

Sharon percebesse que Hayward havia sido cuidadoso, indicando um hotel bastante respeitado e respeitável.

"Desculpe incomodá-la", disse Sharon, "mas não falo nada de espanhol e tive que vir pra cá inesperadamente..." Fez uma pausa, sem oferecer nenhuma explicação. "E não sei dirigir. Será que eu poderia alugar um carro com chofer, ou, se não, você poderia me dizer exatamente onde encontro um táxi?" Sharon fez um gesto de impotência. "Entende...?"

Ela sorriu. A moça respondeu com um sorriso e examinou de novo o pedaço de papel, dando uma olhada pelo aeroporto com as pálpebras semicerradas.

"Um momento, *señora*", ela disse.

Tirou o telefone do gancho, abriu a portinha, fechou-a às suas costas e desapareceu.

Voltou bem rápido com um rapaz de uns dezoito anos. "Esse é o seu chofer de táxi", ela disse. "Vai levar a senhora aonde está querendo ir." Leu o endereço em voz alta e passou o papel a Sharon. A moça sorriu. "Espero que aproveite sua visita, *señora*. Se precisar de alguma coisa... Permita-me?" Deu seu cartão de visitas a Sharon. "Se precisar de alguma coisa, por favor, não deixe de me telefonar."

"Obrigada", disse Sharon. "Muito obrigada. Você foi ótima."

"De nada. Jaime", ela disse com autoridade, "pega a mala da senhora."

Jaime pegou a maleta; Sharon deu boa-noite e foi atrás dele. Sharon pensou: *Um a zero!*, e começou a ficar com medo.

Mas ela precisava fazer suas escolhas rapidamente. A caminho da cidade, decidiu — porque ele estava lá — fazer amizade com Jaime e confiar nele, ou dar a impressão de que confiava. O rapaz conhecia a cidade e sabia dirigir. É verdade que era muito jovem, mas isso podia se converter em vantagem. Alguém mais velho, mais sabido, poderia se transformar numa complicação terrível. A ideia dela era conhecer a boate, encontrar-se com Pietro e possivelmente com Victoria, sem dizer nada a eles. Mas não é coisa simples para uma mulher sozinha, preta ou branca, entrar sem um acompanhante numa boate. Além do mais, tanto quanto sabia, essa boate podia ser um puteiro. Sua única opção consistia em fazer o papel de uma turista americana, de olhos bem abertos — mas era uma negra e estava em Porto Rico.

Só ela sabia que era minha mãe, prestes a se tornar avó; só ela sabia que já tinha passado dos quarenta; só ela sabia o que estava fazendo ali.

Deu uma gorjeta a Jaime ao chegarem ao hotel. Depois, quando a maleta estava sendo levada para o vestíbulo, olhou de repente para o relógio. "Meu Deus", ela disse, "acha que poderia esperar por mim, só um minutinho, enquanto faço o registro? Não tinha *ideia* que era tão tarde. Prometi me encontrar com alguém. Só um momento. Eles levam a mala para o quarto. Está bem assim?"

O rosto de Jaime era cor de barro, com olhos reluzentes e um sorriso tristonho. Ele estava muito intrigado com aquela improvável senhora dos Estados Unidos, pois sabia, graças a uma experiência indizivelmente desagradável, que, embora ela pudesse estar numa encrenca, e é certo que tinha um segredo, não estava tentando lhe infligir nenhuma violência. Compreendeu que ela necessitava dele — do táxi — para alguma coisa, mas isso não era da sua conta. Ele não sabia que sabia — o pensamento não lhe havia ocorrido conscientemente —, mas teve certeza de que se tratava de uma mãe. Ele tinha mãe. Reconhecia uma ao ver uma. Sabia, mais uma vez sem saber que sabia, que podia ser útil a ela naquela noite. Sua cortesia era tão genuína quanto a encrenca dela. Por isso, disse com toda seriedade que sem dúvida levaria a *señora* aonde ela quisesse e ia esperar pelo tempo que ela precisasse.

Sharon o tapeou — um pouquinho. Registrou-se, subiu com o carregador e lhe deu uma gorjeta. Ficou na dúvida se devia usar o chapéu ou não. A questão era ao mesmo tempo trivial e séria, mas ela nunca tinha sido forçada a confrontá-la antes. O problema é que não parecia ter a idade que tinha. Tirou o chapéu. Pôs de volta. Ficava mais jovem ou mais velha? Em casa ela aparentava a idade que tinha (qualquer que fosse) porque todos a conheciam. Aparentava a idade porque sabia qual era o seu papel. Mas agora ia entrar numa boate, numa cidade desconhecida, sozinha pela primeira vez em vinte anos. Pôs o chapéu. Tirou. Ao perceber que o pânico ameaçava invadi-la, jogou o chapéu na mesinha de cabeceira, lavou o rosto na água fria com a mesma fúria com que no passado lavava o meu, vestiu uma camisa branca de gola alta e uma saia preta, calçou sapatos de salto alto pretos, puxou os cabelos vigorosamente para trás e os prendeu, cobriu a cabeça e os ombros com um xale negro. A intenção de tudo isso era fazê-la parecer mais velha. O efeito foi lhe dar uma aparência juvenil. Sharon soltou uma praga, mas o táxi estava esperando. Agarrou a bolsa, correu para o elevador, atravessou o vestíbulo às pressas e entrou no táxi. Os olhos reluzentes de Jaime a informaram de que ela certamente parecia uma turista ianque — uma *gringa*.

A boate ficava no fundo de uma baía de águas paradas — ou, na verdade, num pântano —, antes de ser construído o imenso hotel que a abrigava. O prédio era absolutamente horroroso, tão chamativo, tão exagerado, de um mau gosto tão grosseiro que, em comparação, a mera vulgaridade parecia um estado de graça inalcançável. Sharon ficou mesmo assustada, as mãos tremendo. Acendeu um cigarro.

"Preciso encontrar alguém", ela disse a Jaime. "Não vou demorar muito."

Ela era incapaz de perceber, naquele momento, que um

exército inteiro teria dificuldade em fazer Jaime abandoná-la ali. Sharon tinha se tornado propriedade dele. Aquela mulher, ele sabia, estava metida numa baita enrascada. E não se tratava de um probleminha qualquer porque ela era uma senhora muito *digna*.

"Certamente, *señora*", disse Jaime, sorrindo, enquanto saía do carro e ia abrir a porta para ela.

"Obrigada", disse Sharon, caminhando com passos rápidos para a horrorosa porta dupla aberta. Não viu nenhum porteiro. Mas sem dúvida haveria um lá dentro.

Agora, tudo tinha que ser improvisado. E tudo o que a mantinha de pé — essa minha mãe que um dia sonhou em ser cantora — era saber exatamente o que estava fazendo naquele lugar.

Entrou no vestíbulo do hotel: chaves, balcão de registro, caixa de correio, funcionários entediados (na maioria brancos e decididamente pálidos), sem que ninguém lhe prestasse a menor atenção. Seguiu como se soubesse precisamente aonde estava indo. A boate ficava à esquerda, descendo uma escada. Ela se dirigiu para a esquerda e desceu a escada.

Ninguém a havia parado ainda.

"*Señorita?*"

Ela nunca vira uma foto de Pietro. O homem diante dela tinha uma cara insossa e pele escura. A iluminação fraca demais e o local demasiado estranho não permitiam que ela calculasse a idade dele, que não deu a impressão de ser hostil. Sharon sorriu.

"Boa noite. Espero estar no lugar certo. Aqui é...?", e gaguejou o nome da boate.

"*Sí, señorita.*"

"Bem, eu tinha combinado de encontrar um amigo aqui, mas o voo que ia tomar estava lotado e fui obrigada a pegar um mais cedo. Por isso estou chegando um pouco antes da hora. Pode me esconder numa mesa, em algum canto?"

"Certamente. Com prazer." Ele a conduziu através do salão cheio de gente. "Como se chama seu amigo?"

A mente dela sofreu um tranco, precisava pôr todas as fichas na mesa. "É mais um encontro de negócios. Estou esperando pelo *señor* Alvarez. Sou a sra. Rivers. De Nova York."

"Obrigado." Ele a pôs numa mesa encostada à parede. "Quer tomar alguma coisa enquanto espera?"

"Sim. Obrigada. Uma vodca com suco de laranja."

Ele, quem quer que fosse, se curvou e se afastou.

Dois a zero!, pensou Sharon. E ficou bem calma.

Aquilo era uma boate, por isso tinha música ao vivo. Os tempos de Sharon com o baterista lhe vieram à mente. Seus tempos como cantora também. Como me contou de forma muito vívida bem mais tarde, esses tempos não voltaram com a crosta do remorso. Ela e o baterista simplesmente tinham ido cada qual para seu lado; ela simplesmente não estava capacitada para ser cantora. No entanto, se recordava do que ela, o baterista e a banda haviam tentado, conhecia o negócio. Se eu me lembro de "Uncloudy Day" porque me lembro de estar sentada no colo de mamãe quando ouvi essa música pela primeira vez, ela se lembrou de "My Lord and I": *And so, we'll walk together, my Lord and I*. Essa canção era Birmingham, seu pai e sua mãe, as cozinhas, as minas de carvão. Talvez nunca tivesse gostado daquela música em particular, mas sabia que fazia parte de quem ela era. Aos poucos se deu conta de que era essa canção, com uma letra diferente (supondo que tivesse alguma letra), que os jovens da banda estavam cantando aos berros. E eles não sabiam nada sobre a canção que cantavam, o que fez Sharon se perguntar se sabiam alguma coisa sobre si próprios. Essa era a primeira vez que Sharon se via sozinha em muito tempo. Mesmo então, só estava sozinha fisicamente, da mesma forma, por exemplo, que estava sozinha ao fazer compras para a família. Ao fazer compras, precisava ouvir, precisava olhar, dizer sim para isto, dizer não para aquilo, precisava escolher: tinha uma família para alimentar. Não podia envenená-los porque os amava. E, naquele momento, ouvia um tipo de música que nunca tinha ouvido antes. Se estivesse fazendo compras, não poderia levar aquilo para casa porque não serviria como alimento. *My gal and I!*, urrou o cantor de rock subnutrido, alcançando um orgasmo eletrônico. Mas ninguém que já teve um amor, uma mãe ou um pai, ou um Senhor, poderia soar tão desesperadoramente masturbatório. Pois o que Sharon estava ouvindo era desespero, e o desespero, podendo ou não ser levado para casa e servido à mesa da família, deve sempre ser respeitado. O desespero pode tornar alguém monstruoso, mas também fazê-lo nobre: e ali estavam aquelas crianças, na arena, prontas para serem devoradas. Sharon bateu palmas porque rezava por elas. Seu drinque chegou e ela sorriu para um rosto que não podia ver. Tomou uns goles. Ficou rígida: as crianças iam começar o novo número e ela olhou para outro rosto que não podia ver.

As crianças começaram o número, cantando a plenos pulmões: "(I Can't Get No) Satisfaction".

"A senhora se chama Rivers? Está esperando por mim?"

"Acho que sim. Não quer se sentar?"

Sentou-se diante dela. Então pôde vê-lo.

Pensando em mim, no Fonny e no bebê, xingando-se por ser tão inepta, sabendo-se cercada, encurralada, com as costas contra a parede, compreendeu que tinha que jogar todas as fichas na mesa.

"Me disseram que o sr. Pietro Alvarez trabalha aqui. É o senhor?"

Ela o viu. E, no entanto, claro, ao mesmo tempo não viu.

"Talvez. Por que quer se encontrar com ele?"

Sharon desejou um cigarro, mas ficou com medo de que a

mão tremesse. Pegou o copo com as duas mãos e tomou um gole da bebida, devagar, agradecendo a Deus pelo xale, que podia manobrar para esconder o rosto. Se era capaz de vê-lo, ele também era capaz de vê-la. Ficou silenciosa por um momento. Depois, descansou o copo e pegou um cigarro.

"Pode acender, por favor?"

Ele acendeu. Ela tirou o xale.

"Não faço questão de me encontrar com o sr. Alvarez. Quero me encontrar com a sra. Victoria Rogers. Sou a futura sogra do homem que ela acusou de ter estuprado ela, e ele está agora preso em Nova York."

Ela o observou. Ele a observou. Passou então a vê-lo.

"Bom, minha senhora, posso te dizer que tem um genro dos diabos."

"Também posso te dizer que tenho uma filha dos diabos."

O bigode, que ele tinha deixado crescer para parecer mais velho, tremelicou. Passou as mãos pelos cabelos negros e abundantes.

"Olha, essa garota já sofreu bastante. Mais do que bastante. Deixa ela em paz."

"Um homem está prestes a morrer por uma coisa que não fez. Podemos deixar *ele* em paz?"

"Por que acha que não foi ele?"

"*Olha pra mim!*"

As crianças da banda tinham terminado a sessão e foram embora. Imediatamente a vitrola foi acionada: Ray Charles, "I Can't Stop Loving You".

"Por que quer que eu olhe pra senhora?"

O garçom se aproximou.

"O que está bebendo, *señor*?", perguntou Sharon, apagando um cigarro e acendendo outro.

"É por minha conta. O de sempre pra mim. E serve pra senhora outra dose do que ela está bebendo."

O garçom se afastou.
"Olha pra mim."
"Estou olhando."
"Acha que amo minha filha?"
"Francamente, é difícil acreditar que tem uma filha."
"Daqui a pouco vou ser avó."
"Do...?"
"Sim."
Ele é jovem, muito jovem, mas também muito velho, embora não da maneira que ela esperava que fosse. Tinha esperado encontrar a idade da depravação. Estava confrontada com a idade da tristeza. Confrontava-se com o tormento.
"Acha que eu casaria minha filha com um estuprador?"
"Podia não saber."
"Olha pra mim de novo."
Ele o fez. Mas não ajudou.
"Escuta. Eu não estava lá. Mas a Victoria jura que foi ele. E ela já passou por muita merda, sabe, *merda* demais, e eu não quero que ela sofra mais! Sinto muito, minha senhora, mas não me importa o que pode acontecer com sua filha..." Fez uma pausa. "Ela está esperando um bebê?"
"Sim."
"O que quer de mim? Não pode nos deixar em paz? Só queremos que nos deixem em paz."
Sharon não disse nada.
"Olha. Eu não sou americano. Vocês têm todos aqueles advogados, toda aquela gente lá, por que veio atrás de mim? Porra... Me desculpe, mas não sou ninguém. Sou um índio, um carcamano, um cucaracha, um crioulo — é só escolher, é isso que eu sou. Tenho um negocinho aqui e tenho Victoria. E, minha senhora, não quero ver ela na merda outra vez. Sinto muito, minha senhora, mas realmente não posso te ajudar."

Ele começou a se levantar — não queria chorar na frente dela. Sharon o pegou pelo punho. Ele voltou a se sentar, cobrindo o rosto com uma das mãos.

Sharon tirou a carteira da bolsa.

"Pietro — vou chamá-lo assim porque tenho idade pra ser sua mãe. Meu genro tem a sua idade."

Ele apoiou a cabeça na mão e olhou para ela. Sharon lhe passou a foto do Fonny comigo.

"Olha bem."

Ele não queria, mas obedeceu.

"Você é um estuprador?"

Ele ergueu a vista para encará-la.

"Me responde. É?"

Os olhos escuros no rosto impassível, fixados então no fundo dos olhos de mamãe, iluminaram seu semblante, acenderam uma fogueira na escuridão de um morro distante: ele ouviu a pergunta.

"Você é?"

"Não."

"Acha que eu vim aqui pra fazer você sofrer?"

"Não."

"Acha que sou uma mentirosa?"

"Não."

"Acha que sou maluca? — Todos nós somos um pouco malucos, eu sei. Mas *realmente* maluca?"

"Não."

"Então, pode levar a fotografia pra casa, pra Victoria, e pedir pra ela pensar sobre isso, pra examinar o retrato com todo o cuidado? Abraça ela. Faz isso. Sou uma mulher. Sei que ela foi violentada, e sei... Bom, eu sei o que as mulheres sabem. Mas também *sei* que Alonzo não estuprou ela. E falo isso pra você porque sei que sabe o que os homens sabem. *Abraça ela*." Sharon o encarou por um instante, ele a encarou de volta. "Pode me telefonar amanhã?" Deu o nome e o número do telefone do hotel, e ele anotou. "Telefona?"

Ele agora lhe lançou um olhar muito duro e frio. Examinou o número do telefone. Examinou a foto.

Empurrou de volta para Sharon.

"Não", ele disse, levantando-se e saindo.

Sharon continuou sentada. Ouviu a música. Observou os casais que dançavam. Obrigou-se a acabar o segundo e não desejado drinque. Não podia acreditar que o que estava acontecendo era real. Mas *estava* acontecendo. Acendeu um cigarro. Tinha plena consciência não apenas de sua cor, mas do fato de que, à vista de tantas testemunhas, sua posição, ambígua ao entrar, era agora totalmente clara: o rapaz de vinte e dois anos, que ela tinha vindo de tão longe para encontrar, acabava de desprezá-la. Queria chorar. Também queria rir. Fez um sinal para o garçom.

"*Sí?*"

"Quanto é que estou devendo?"

O garçom pareceu surpreso.

"Nada, *señora*. O *señor* Alvarez cuidou da conta."

Ela percebeu que os olhos dele não expressavam pena nem desdém. Isso lhe causou um grande choque, trazendo lágrimas a seus olhos. Para ocultá-las, baixou a cabeça e ajeitou o xale. O garçom se afastou. Sharon deixou cinco dólares sobre a mesa. Caminhou até a porta. O homem de rosto insosso e pele escura a abriu.

"Obrigado, *señora*. Boa noite. Seu táxi está esperando. Volte, por favor."

"Obrigada", disse mamãe, sorrindo, e subiu a escada.

Atravessou o vestíbulo. Jaime estava encostado no táxi. Seu rosto se iluminou ao vê-la. Abriu a porta para ela.

"Que horas vai precisar de mim amanhã?", perguntou.

"Nove horas é muito cedo?"
"Que nada." Ele riu. "Estou sempre de pé antes das seis."
O carro se pôs em movimento.
"Ótimo", disse Sharon, balançando o pé e pensando no que tinha pela frente.

E o bebê começou a chutar, acordando-me à noite. Agora que mamãe estava em Porto Rico, Ernestine e Joseph é que cuidavam de mim. Eu tinha medo de abandonar o emprego porque sabia que precisávamos do dinheiro. Isso significava que muitas vezes perdia a visita das seis. Eu tinha a impressão de que, se largasse o emprego, ia fazer a visita das seis para sempre. Expliquei isso ao Fonny: ele disse que compreendeu, o que era verdade. Mas o fato de compreender não o ajudaria às seis horas. Por mais que compreendesse, não podia deixar de esperar que seu nome fosse chamado, que saísse da cela para ser levado ao andar térreo. Se você tem visitas, mesmo que só tenha uma, isso quer dizer que alguém do lado de fora se importa com você. E isso te ajuda a passar a noite, a encarar um novo dia. Por mais que você compreenda, *realmente* compreenda, e por mais que diga isso a si próprio, se não aparece ninguém para te ver, você está com um problemão. E problema, aqui, significa perigo.

Numa manhã de domingo, Joseph falou às claras. Eu tinha ficado mais enjoada do que o normal naquela manhã e ele tinha cuidado de mim porque Ernestine precisava fazer alguma coisa urgente na casa da atriz. Não conseguia imaginar o que aquela coisa dentro de mim estava fazendo, mas ela parecia ter adquirido pés. Às vezes ficava parada dias a fio, talvez dormindo, mas mais provavelmente planejando — planejando como escapar. Então ela se virava, batia na água, agitava-se, obviamente entediada dentro daquele invólucro, querendo sair. Estávamos começando a ter um diálogo um tanto acrimonioso, aquela coisa e eu — ela chutava, e eu arrebentava um ovo no chão; ela chutava, e de repente o bule de café virava sobre a mesa; ela chutava, e o perfume nas costas da minha mão punha sal no céu da minha boca, e minha mão livre se apoiava no vidro grosso do balcão com força suficiente para quebrá-lo ao meio. Puta merda. Seja paciente. Estou fazendo o melhor que posso — e ela chutava de novo, encantada por ter provocado uma reação tão furiosa. Por favor. Fica quietinha. E então, exausta, ou, como eu suspeito, só por esperteza, ela se *acalmava*, tendo coberto minha testa de suor, tendo me obrigado a vomitar o café da manhã e ir ao banheiro — em vão — umas quatro ou cinco vezes. Mas ela *realmente* era muito esperta, ela queria viver: nunca se mexia enquanto eu estava andando de metrô ou atravessando uma rua apinhada de gente. Mas ia ficando mais e mais pesada, suas exigências se tornavam mais absolutas a cada hora. Ela estava, de fato, demarcando seu terreno. A mensagem era que ela não pertencia a *mim* — embora, geralmente à noite, houvesse um outro chute, mais delicado, indicando que não tinha nenhuma objeção a pertencer a mim, que até poderíamos vir a gostar uma da outra — porque *eu* pertencia a *ela*. E aí ela recomeçava, como Muhammad Ali, e eu ficava jogada nas cordas.

Não reconhecia meu corpo nem um pouco, ele estava se tornando todo disforme. Eu tentava não olhar para ele porque simplesmente não o reconhecia. Além do mais, tirava alguma coisa que vestia à noite e tinha dificuldade em pôr de novo de manhã. Não conseguia mais usar sapatos de salto alto, eles distorciam meu senso de equilíbrio tão profundamente quanto alguém cego de um olho tem a visão distorcida. Nunca tive peitos nem bunda, mas agora eles estavam surgindo. Parecia que eu estava engordando a uma taxa de mais de meio quilo por hora, e não ousava especular como seria minha aparência quando essa coisa dentro de mim finalmente saísse aos pontapés. Meu Deus.

E, no entanto, estávamos começando a nos conhecer, essa coisa, essa criatura e eu; e, às vezes, nosso relacionamento era muito, muito amistoso. Ela tinha algo a me dizer e eu precisava ouvir — de outro modo, não saberia o que dizer quando ela chegasse aqui. E o Fonny nunca me perdoaria por isso. Afinal, fui eu quem quis esse bebê, mais que ele. E, num nível mais profundo e mais distante que todos os nossos problemas, eu estava muito feliz. Praticamente não conseguia mais fumar, a *criatura* havia tomado conta disso. Adquiri uma paixão por chocolate com leite e donuts bem açucarados; conhaque era a única bebida alcoólica que ainda tinha algum gosto para mim. Por isso, Ernestine vez ou outra trazia algumas garrafas da casa da atriz. "Ela nunca vai sentir falta, querida. Da forma que *bebem*..."

Naquela manhã de domingo, Joseph serviu minha terceira xícara de chocolate, já que as duas primeiras tinham sido devolvidas de imediato, e se sentou diante de mim com uma expressão muito séria.

"Quer trazer esse bebê ao mundo ou não quer?"

O modo como me olhou e falou me fez quase morrer de medo.

"Sim", respondi, "quero."

"E você ama o Fonny?"

"Sim, amo."

"Então, sinto muito, mas vai ter que largar o emprego."

Observei-o.

"Sei que está preocupada com o dinheiro. Mas deixa *eu* me preocupar com isso. Tenho mais experiência. De qualquer modo, você não está ganhando merda nenhuma. Só está se desgastando e enlouquecendo o Fonny. Se continuar assim, vai perder esse bebê. Se perder o bebê, o Fonny não vai querer mais viver, você vai ficar perdida e depois eu vou ficar perdido, tudo vai se perder."

Levantou-se e caminhou até a janela, dando-me as costas. Voltou a me encarar.

"Estou falando sério, Tish."

"Sei que está."

Joseph sorriu.

"Escuta, garotinha. Precisamos cuidar um do outro neste mundo, certo? Agora, tem coisas que eu posso fazer e você não. É isso. Tem coisas que *eu* posso fazer que *você* não pode, e coisas que *você* pode que *eu* não posso, como não posso ter esse bebê por você. Eu teria, se pudesse. Não tem nada que eu não faça por você — sabe disso?" E me observou, ainda sorrindo.

"Sim, eu sei disso."

"E tem coisas que *você* pode fazer pelo Fonny que eu não posso, certo?"

"Certo."

Joseph ficou andando pela cozinha, pra lá e pra cá.

"Gente jovem odeia ouvir isso — *eu* odiava quando era jovem —, mas você é jovem. Querida, eu não perderia nenhuma de vocês duas nem por toda a porra do café do Brasil — mas você é jovem. O Fonny não passa de um menino. E está numa enrascada em que nenhum menino devia estar. E você é tudo que ele tem, Tish. É *tudo* que ele tem. Eu sou um homem, e sei do que estou falando. Você me entende?"

"Entendo."

Sentou-se de novo à minha frente.

"Você tem que ir ver ele todos os dias, Tish. Todos os dias. Cuida do Fonny. Nós vamos cuidar do resto. Está bem?"

"Está bem."

Beijou minhas lágrimas.

"Trata de trazer pra cá esse bebê, são e salvo. Vamos tirar o Fonny da cadeia. Eu prometo. *Você* promete?"

Eu sorri e disse: "Sim, prometo".

Na manhã seguinte, entretanto, estava me sentindo mal demais para ir ao trabalho, e Ernestine telefonou para a loja avisando que eu ia faltar. Disse que uma de nós passaria lá nos próximos dias para pegar meu salário.

Assim, o assunto foi encerrado, bola pra frente. Para ser honesta, devo confessar que em parte odiei aquilo: não ter nada para fazer. Mas isso me fez reconhecer, finalmente, que eu havia me agarrado ao emprego para evitar meu problema. Agora estava sozinha, com o Fonny, com meu bebê, comigo.

Mas Joseph tinha razão, e o Fonny ficou radiante. Nos dias em que não ia me encontrar com Hayward, via o Fonny duas vezes. Sempre estava lá para a visita das seis. E o Fonny sabia que eu estaria. Era bem estranho, e então comecei a aprender uma coisa muito curiosa. Minha presença, que não tinha o menor valor prático, que até poderia ser considerada pragmaticamente uma traição, era muitíssimo mais importante do que qualquer coisa material que eu pudesse estar fazendo. Todos os dias, ao ver meu rosto, ele sabia, mais uma vez, que eu o amava — e Deus sabe como isso era verdade, mais e mais, com maior intensidade a cada hora. Mas não era apenas isso. Significava que outros também o amavam, amavam tanto que me haviam liberado para estar lá. Ele não estava sozinho; nós não estávamos sozinhos. E, se eu me sentia um pouco aterrorizada com o fato de não ter mais alguma coisa que pudesse chamar de cintura, ele estava encantado.

"Lá vem ela! Do tamanho de *duas* casas! Tem certeza de que não são gêmeos? Ou trigêmeos? Porra, *podemos* fazer história."

Jogando a cabeça para trás, segurando o interfone, me olhando no fundo dos olhos, rindo.

E eu compreendi que o crescimento do bebê estava vinculado à sua determinação de ser livre. Por isso, não ligava se eu ficasse do tamanho de duas casas. O bebê queria sair. O Fonny queria sair. E nós íamos conseguir: a tempo.

* * *

Jaime apareceu na hora marcada e Sharon chegou na favela por volta das nove e meia. Jaime tinha uma noção aproximada de onde ficava o prédio, mas não conhecia a mulher — ao menos não tinha certeza de que conhecia. Ainda refletia sobre isso quando Sharon desceu do táxi.

Hayward havia tentado avisar Sharon ao dizer que nunca seria capaz de descrever uma favela, e que duvidava muito que, após sua visita, ela quisesse tentar. Era uma visão amarga: acima, o céu azul e o sol brilhante; aqui, o mar azul; ali, o lixão. Foram necessários alguns segundos para entender que o lixão *era* a favela. Havia casas construídas sobre aquilo — moradias. Algumas em cima de estacas, como se buscassem escapar à sujeira. Algumas tinham tetos de metal corrugado. Algumas tinham janelas. Todas tinham crianças.

Jaime caminhou ao lado de Sharon, orgulhoso de ser seu protetor, embora em dúvida sobre o propósito da visita. O cheiro era pavoroso — mas isso não parecia afetar as crianças, que subiam e desciam a montanha que lhes pertencia, fazendo o ar vibrar com seus gritos, seminuas, com seus olhos brilhantes, suas risadas, mergulhando por vezes no mar.

"Deve ser aqui", disse Jaime, e Sharon atravessou uma entrada em forma de arco para chegar a um pátio em ruínas.

A casa diante dela devia ter sido no passado uma residência muito imponente. Agora já não era mais particular. Gerações de tinta se desprendiam das paredes, e a luz do sol, revelando cada mancha e rachadura, não se dignava penetrar nos quartos: algumas janelas estavam fechadas, isso quando ainda havia venezianas. O barulho era mais alto que o de uma orquestra de principiantes ensaiando, e o som dos bebês e das crianças era o tema central, tremendamente ampliado, em harmonias extraordinárias, pelas vozes dos adultos. Parecia haver portas por toda parte — baixas, escuras, quadradas.

"Acho que deve ser ali", disse Jaime, nervoso, apontando para uma das portas. "No terceiro andar, eu acho. Você disse que ela é loura?"

Sharon olhou para ele, que estava totalmente desolado: não queria que ela subisse sozinha.

Ela tocou o rosto dele e sorriu: de repente, Jaime a fez lembrar-se do Fonny, trazendo de volta a razão para estar ali.

"Espere por mim", ela disse. "Não se preocupe. Não vou demorar muito."

Então passou pela porta e subiu a escada como se soubesse exatamente para onde estava indo. Havia quatro portas no terceiro andar. Nenhum nome em nenhuma delas. Uma das portas estava entreaberta, e Sharon bateu nela — abrindo-a um pouco mais com a batida.

"Sra. Rogers?"

Uma moça muito magra, com imensos olhos escuros num rosto escuro, usando um robe estampado com flores, descalça, chegou ao centro do quarto. Seus cabelos enrolados estavam pintados de um louro lodoso: maçãs do rosto altas, lábios finos, boca larga — um rosto delicado, vulnerável, amigável. Um crucifixo dourado brilhava em sua garganta.

Ela disse: "*Señora?*", e depois ficou imóvel, olhando fixamente para Sharon com seus olhos grandes, assustados.

"*Señora?*"

Como Sharon não disse nada, ela apenas continuou no umbral da porta, observando-a.

A língua da moça umedeceu seus lábios. Ela repetiu: "*Señora?*".

Não aparentava a idade que tinha. Parecia uma menininha. Então se moveu, a luz incidiu sobre ela de forma diferente, e Sharon a reconheceu.

Sharon encostou-se na porta aberta, realmente temendo, por um instante, que fosse cair.

"Sra. Rogers?"

Os olhos da moça se estreitaram, os lábios se contorceram. "Não, *señora*. Está enganada. Meu sobrenome é Sanchez." As duas se estudaram. Sharon continuava apoiada na porta. A moça fez um movimento na direção da porta, como se fosse fechá-la. Mas não desejava empurrar Sharon. Não queria encostar nela. Deu um passo à frente e parou; tocou no crucifixo em sua garganta, olhando firme para Sharon, que não conseguia ler seu rosto. Nele havia preocupação, não muito diferente daquela de Jaime. Também havia pavor, e certa simpatia oculta e atemorizada.

Sharon, ainda sem saber se era capaz de se mover, sentiu que, podendo ou não fazê-lo, era melhor não mudar sua posição em relação à porta aberta. Isso lhe dava alguma vantagem.

"Me desculpe, *señora*, mas tenho que trabalhar — por favor? Não conheço nenhuma sra. Rogers. Talvez ela more em outro lugar aqui..." Deu um sorriso tênue e olhou pela janela aberta. "Mas há tantos... Vai ter que procurar por muito tempo."

Olhou para Sharon com amargor. Sharon aprumou-se e, de repente, elas se encararam diretamente — agora, uma presa à outra.

"Tenho uma fotografia sua", disse Sharon.

A moça não disse nada. Tentou parecer que achava graça.

Sharon pegou a foto na bolsa e a ergueu. A moça foi até a porta. Enquanto ela avançava, Sharon se afastou da porta e entrou no quarto.

"*Señora!* Já disse que tenho que trabalhar." Ela olhou Sharon de cima a baixo. "Não sou nenhuma madame americana."

"Eu também não sou uma madame. Sou a sra. Rivers."

"E eu sou a sra. Sanchez. O que você quer comigo? Não te conheço."

"Eu sei que você *não* me conhece. Talvez nunca tenha ouvido falar de mim."

Alguma coisa aconteceu no rosto da moça, os lábios se crisparam, ela mexeu no bolso do robe em busca de cigarros, soprando a fumaça insolentemente na direção de Sharon.

No entanto: "Quer um cigarro, *señora?*", perguntou, oferecendo o maço a Sharon.

Havia uma súplica nos olhos da moça, e Sharon, com a mão trêmula, aceitou o cigarro, acendido por Victoria. Ela repôs o maço no bolso do robe.

"Eu sei que você não me conhece. Mas acho que já ouviu falar de mim."

A moça olhou de relance para a foto na mão de Sharon; olhou depois para Sharon; não disse nada.

"Me encontrei com Pietro ontem à noite."

"Ah! E ele te deu a fotografia?"

A intenção era ser sarcástica, mas ela viu que tinha cometido um erro. De todo modo, seus olhos desafiadores, cravados em Sharon, pareciam dizer: há tantos Pietros!

"Não. Quem me deu foi o advogado de Alonzo Hunt — o homem que você diz que te estuprou."

"Não sei do que está falando."

"Acho que sabe."

"Olha. Não tenho nada contra ninguém. Mas vou te pedir pra sair daqui."

Ela tremia, à beira do pranto. Mantinha as duas mãos de pele escura entrelaçadas firmemente diante do corpo, como se evitasse tocar em Sharon.

"Estou aqui pra tentar tirar um homem da *prisão*. Esse homem vai se casar com a minha filha. E não te estuprou."

Pegou a foto em que apareço com o Fonny.

"Olha isso aqui."

A moça afastou o rosto, voltando-se de novo para a janela; sentou-se na cama por fazer, ainda olhando para fora da janela. Sharon se aproximou dela.

"Olha, por favor. A moça é minha filha. O homem ao lado dela é Alonzo Hunt. Foi esse o homem que te violentou?"

A moça recusava-se a olhar para a foto ou para Sharon.

"Foi esse o homem que te estuprou?"

"Uma coisa eu posso te dizer, minha senhora: você nunca foi estuprada." Olhou por um instante a fotografia e depois, também por um instante, para Sharon. "Parece com ele. Mas não estava rindo."

Após um momento, Sharon perguntou: "Posso me sentar?".

A moça não disse nada, limitando-se a suspirar e cruzar os braços. Sharon sentou-se na cama ao lado dela.

Devia haver uns dois mil transistores ligados em volta delas, todos tocando B. B. King. Na verdade, Sharon era incapaz de dizer que música os rádios tocavam, mas reconheceu a batida: nunca tinha soado tão forte, tão insistente, tão melancólica. Nunca tinha soado tão resoluta e perigosa. Aquela batida era ecoada por muitas vozes humanas, e corroborada pelo mar — que brilhava e brilhava para além do monte de lixo da favela.

Sharon sentou-se e escutou, escutou como nunca antes. O rosto da moça estava voltado para a janela. Sharon se perguntou o que ela estava ouvindo, o que estava vendo. Talvez não estivesse vendo nem ouvindo nada. Continuava sentada com um desalento teimoso, imóvel, as mãos finas entre os joelhos, como alguém que já caiu numa arapuca antes.

Sharon observou suas costas frágeis. Os cabelos enrolados começavam a secar e eram escuros na raiz. A batida da música cresceu em intensidade, mais alta, tornando-se quase insuportável, começando a ecoar dentro da cabeça de Sharon, amedrontando-a com a possibilidade de que sua mente explodisse.

Estava prestes a chorar, não sabia dizer por quê. Levantou-se da cama e caminhou em direção à música. Olhou para as crianças, contemplou o mar. Ao longe havia uma entrada em forma de arco, semelhante àquela pela qual havia passado, abandonada pelos mouros. Voltou-se e olhou para a moça, que estava fitando o chão.

"Você nasceu aqui?", Sharon perguntou.

"Olha, minha senhora, antes que continue, é bom ficar sabendo que não pode fazer nada comigo, não estou sozinha e indefesa aqui, tenho amigos!"

E lançou a Sharon um olhar furioso, assustado e duvidoso, mas não se moveu.

"Não estou tentando fazer nada com você. Só estou tentando tirar um homem da cadeia."

A moça se mexeu na cama, dando as costas a Sharon.

"Um homem inocente."

"Minha senhora, acho que está no lugar errado, de verdade. Não tem nenhum motivo pra falar comigo. Não posso fazer nada!"

Sharon começou a ampliar sua abordagem.

"Quanto tempo você morou em Nova York?"

A moça atirou o cigarro pela janela.

"Tempo demais."

"Deixou seus filhos lá?"

"Escuta. Deixa meus filhos fora disso."

Como estava ficando quente no quarto, Sharon tirou o casaquinho de tecido leve e voltou a se sentar na cama.

"Eu também sou mãe", disse cuidadosamente.

A moça olhou para ela, tentando um distanciamento desdenhoso. Mas, embora soubesse bem o que era inveja, não tinha a menor familiaridade com o desdém.

"Por que voltou pra cá?", Sharon perguntou.

Essa não era uma pergunta que a moça esperasse. Na verdade, não era uma pergunta que Sharon pretendia fazer.

Entreolharam-se, a pergunta reluzindo entre elas tal como os raios do sol brilham no mar.

"Você falou que é mãe", disse por fim a moça, levantando-se e indo de novo até a janela.

Dessa vez Sharon a seguiu, e ambas contemplaram o mar. De certo modo, com a resposta mal-humorada da moça, a mente de Sharon começou a clarear. Na resposta ela leu uma súplica: passou a se dirigir à moça de forma diferente.

"Filha. Neste mundo acontecem coisas horríveis com a gente, e todos nós somos capazes de fazer coisas terríveis." Cautelosamente, ela estava olhando para fora da janela, mas também observando a moça. "Eu já era uma mulher antes que você se tornasse uma mulher. Lembre-se disso. Mas" — e se voltou para Victoria, puxando-a para perto dela, os punhos finos, as mãos ossudas, os braços cruzados, tocando-a de leve: Sharon tentou falar como se estivesse se dirigindo a mim — "a gente paga pelas mentiras que conta." Olhou com firmeza para a moça, que a encarou de volta. "Você pôs um homem na cadeia, minha filha, um homem que nunca viu. Ele tem vinte e dois anos, filha, ele quer se casar com a *minha* filha e…" — os olhos de Victoria se encontraram de novo com os dela — "ele é negro." Soltou a moça e se voltou para a janela. "Como nós."

"Eu *vi* ele."

"Viu quando a polícia botou ele na sua frente com outros homens. Essa foi a *primeira* vez que viu ele. E a *única*."

"O que te dá *tanta* certeza?"

"Porque conheço ele desde que nasceu."

"Ah!", disse Victoria, tentando se afastar. Lágrimas brotaram dos olhos escuros, derrotados. "Se soubesse quantas mulheres já me disseram isso! Não viram ele — quando *eu* vi — quando veio pra cima de *mim*! Elas *nunca* veem isso. Mulheres *respeitáveis*, como você! Elas nunca veem isso." As lágrimas começaram a rolar por seu rosto. "Você pode ter conhecido um menino bonzinho, e ele pode ser um homem simpático — com *você*! Mas não conhece o homem que fez... que fez aquilo comigo!"

"Mas você tem certeza", Sharon perguntou, "que *conhece* ele?"

"*Sim*, tenho certeza. Me levaram lá e me pediram pra dizer quem era, e eu apontei pra ele. Isso é tudo."

"Mas você estava... Isso aconteceu no escuro. Você viu Alonzo Hunt num lugar iluminado."

"Também tinha luz no hall. Vi o suficiente."

Sharon a agarrou de novo, tocando no crucifixo.

"Filha, filha. Em nome de Deus."

Victoria olhou para baixo, para a mão na cruz, e gritou: um som como nenhum outro que Sharon tivesse ouvido antes. Ela se afastou de Sharon, correndo para a porta que tinha permanecido aberta todo aquele tempo. Gritava e chorava: "Sai daqui! Sai daqui!".

Portas se abriram. As pessoas começaram a aparecer. Sharon ouviu a buzina do carro. *Um toque; dois; um, dois; um, dois, três; um, dois, três.* Victoria agora estava urrando em espanhol. Uma das mulheres mais velhas no hall chegou à porta e a abraçou. Victoria se desmanchou, chorando, apertando-se contra os seios da mulher, que, sem nem olhar para Sharon, a levou embora. Mas todos os demais, agrupando-se, olharam duramente para Sharon, que então só ouviu o som solitário da buzina do táxi de Jaime.

Ficaram observando-a, suas roupas; não havia nada que ela pudesse lhes dizer; caminhou para o hall, em direção ao grupo. O casaquinho leve de verão estava dobrado sobre o braço; ela segurava a bolsa com uma das mãos, e na outra levava a fotografia do Fonny comigo. Passou pelas pessoas lentamente, e lentamente desceu a escada. Havia gente em todos os patamares. Chegou ao pátio, dali foi para a rua. Jaime abriu a porta do táxi para ela. Depois que entrou, Jaime bateu a porta com força e, sem dizer uma palavra, pôs o carro em movimento.

À noite ela foi à boate. Mas, informou o porteiro, o *señor* Alvarez não estaria lá naquela noite, não havia mesas para mulheres desacompanhadas e, de qualquer maneira, a boate estava lotada.

A mente é como um objeto que pode ficar empoeirado. O objeto não sabe, assim como a mente, por que aquilo gruda nele. Mas se alguma coisa por acaso pousa em cima de você, não vai mais embora; por isso, depois daquela tarde na loja de legumes, eu via Bell em toda parte, o tempo todo.

Eu não sabia então como ele se chamava. Descobri isso na noite em que perguntei. Já havia memorizado o número de seu distintivo.

Certamente o tinha visto antes daquela tarde, mas até ali era apenas mais um policial. Depois daquela tarde, ele tinha cabelos ruivos e olhos azuis. Já devia passar dos trinta. Caminhava igual ao John Wayne, com passadas largas para limpar o universo, e acreditava naquela merda toda: um filho da puta malvado, ignorante e infantil. Como seus heróis, ele tinha cabeça pequena, barrigão e bunda grande, e seus olhos eram tão vazios quanto os de George Washington. Mas eu estava começando a aprender alguma coisa sobre o vazio daqueles olhos. E o que estava aprendendo me deixava morta de medo. Se você olhar continuamente no fundo daquele azul que não pisca, vai descobrir uma crueldade infinita, uma malevolência gélida. Naquele olho, você não existe — se der sorte. *Se* aquele olho, da altura em que se situa, for forçado a reparar em você, se você *de fato* existir no inverno incrivelmente gelado que vive por trás dele, então estará marcado, marcado, marcado, como um homem de casaco preto rastejando, fugindo, através da neve. O olho se ressente de sua presença na paisagem, obstruindo a vista. Em breve, o casaco preto estará imóvel, colorindo-se com o vermelho do sangue, e a neve vai ficar vermelha, e o olho também se ressente disso, pisca uma vez, e faz cair mais neve, cobrindo tudo. Às vezes eu estava com o Fonny ao cruzar o caminho de Bell, outras vezes estava sozinha. Quando estava com o Fonny, os olhos miravam em frente, contemplando um sol congelado. Quando estava sozinha, os olhos se prendiam a mim como as garras de um gato, me varriam como um ancinho. Aqueles olhos só se concentravam nos olhos da vítima conquistada. Não podiam confrontar outros olhos. Quando o Fonny estava sozinho, o mesmo acontecia. Os olhos de Bell varriam o corpo negro dele com a crueldade irresponsível da concupiscência, como se tivessem ligado um maçarico apontado para o pênis do Fonny. Quando se cruzavam, e eu estava lá, o Fonny olhava diretamente para Bell, que olhava bem para a frente. *Vou te foder, rapaz,* diziam os olhos de Bell. *Não vai, não,* diziam os do Fonny. *Vou juntar meus cacarecos e me mandar daqui.*

Eu tinha medo porque, nas ruas do Village, me dava conta de estarmos totalmente sozinhos. Ninguém se importava conosco, exceto nós mesmos; quem quer que nos amasse não estava ali.

Bell falou uma vez comigo. Eu estava indo tarde para casa, voltando do trabalho. Surpreendi-me ao vê-lo porque desci do metrô na esquina da Fourteenth Street com a Oitava Avenida, e ele costumava ficar nas vizinhanças da Bleecker e da MacDougal. Eu seguia ofegante pela avenida, carregando uma sacola com coisas que surrupiara do judeu, quando o vi andando devagar na minha direção. Fiquei momentaneamente assustada porque minha sacola — que continha tubos de cola, grampos, tinta para aquarelas, papel, tachinhas, pregos e canetas — era "quente". Mas não tinha como ele saber disso, e eu já o odiava demais para me importar. Caminhei na direção dele, ele na minha. Estava começando a escurecer, por volta das sete, sete e meia. As ruas estavam cheias de gente, homens voltando para casa, bêbados cambaleantes, mulheres em fuga, garotões porto-riquenhos, drogados: e lá vinha Bell.

"Posso carregar pra você?"

Quase deixei cair a sacola. Na verdade, quase me mijei. Olhei nos olhos dele.

"Não", respondi, "muito obrigada", e tentei continuar andando, mas ele barrava meu caminho.

Olhei de novo no fundo de seus olhos. Essa talvez tenha sido a primeira vez que de fato olhei nos olhos de um homem branco. Aquilo me fez parar, fiquei imóvel. Não era o mesmo que olhar nos olhos de um homem. Não se parecia com nada que eu conhecesse e, por isso, tinha um poder enorme. Era uma sedução que continha a promessa de violação. Era um estupro que prometia humilhação e vingança: de ambos os lados. Eu queria ficar perto dele, entrar nele, abrir aquele rosto e mudá-lo, destruí-lo, rolar na lama com ele. Então nós dois ficaríamos livres: quase dava para ouvir o fundo musical.

"Bom", ele disse baixinho, "você não vai mesmo pra muito longe daqui. Mas eu bem que gostaria de levar pra você."

Ainda posso nos ver naquela avenida movimentada, com gente apressada, no lusco-fusco: eu com minha sacola e minha bolsa, eu encarando ele, ele me encarando. De repente, eu era dele: fui tomada por um desamparo que jamais tinha sentido. Observei seus olhos, seus lábios úmidos, infantis, desesperados — e senti que seu pênis se endurecia em contato com meu corpo.

"Não sou um mau sujeito", ele disse. "Fala pro seu amigo. Você não precisa ter medo de mim."

"Não estou com medo", respondi. "Vou falar pra ele. Obrigada."

"Boa noite", ele disse.

"Boa noite", respondi, retomando às pressas meu caminho. Nunca contei aquilo ao Fonny. Não podia. Apaguei da memória. Não sei se Bell alguma vez falou com o Fonny — duvido.

Na noite em que o Fonny foi preso, o Daniel estava conosco. Um pouco bêbado, vinha chorando. Falava outra vez sobre seu tempo na cadeia. Tinha visto nove homens enrabarem um menino, e *ele* próprio tinha sido violentado. Nunca mais — nunca, nunca — seria o Daniel que tinha sido. Fonny o abraçou, amparou antes que ele caísse. Fui preparar um café.

E então eles chegaram batendo na porta.

DOIS

SIÃO: A TERRA PROMETIDA

O Fonny estava trabalhando numa madeira. Era marrom e macia, estava sobre a mesa. Ele tinha decidido fazer um busto meu. A parede estava cheia de esboços. Eu não estava presente.

As ferramentas também se encontravam sobre a mesa. Ele caminhava em volta da madeira, aterrorizado. Não queria tocar nela. Sabia que precisava. Mas não desejava conspurcar a madeira. Olhava e olhava, quase chorando. Queria que a madeira lhe falasse algo; aguardava que ela lhe falasse algo. Até que falasse, era incapaz de se mover. Eu estava aprisionada em algum lugar dentro do silêncio daquele pedaço de madeira, e ele também.

Pegou num cinzel, pousou-o de volta na mesa. Acendeu um cigarro, sentou-se no tamborete de trabalho, olhou fixamente, pegou de novo o cinzel.

Largou-o sobre a mesa, foi à cozinha buscar uma cerveja, voltou com ela, sentou-se outra vez no tamborete, olhou firme para a madeira. A madeira encarou-o de volta.

"Sua puta", disse o Fonny.

Pegou mais uma vez o cinzel e se aproximou da madeira,

que estava ali esperando. Tocou nela muito de leve, acariciou. Ficou escutando. Encostou provocativamente o cinzel nela. O cinzel começou a se mover. O Fonny foi atrás.

E acordou.

Estava sozinho numa cela, no último andar da prisão. Isso era provisório, em breve seria mandado para baixo, para uma cela maior com outros homens. Havia uma privada no canto da cela. Fedia.

E o Fonny fedia.

Bocejou, levando os braços para trás da cabeça e se virando, furiosamente, no catre estreito. Ficou à escuta. Não sabia que horas eram, mas não importava. Todas as horas eram iguais, todos os dias eram iguais. Olhou para os sapatos sem cadarços postos no chão ao lado do catre. Tentou achar alguma razão para estar ali, alguma razão para se mover, ou não se mover. Sabia que precisava fazer alguma coisa para não se deixar afogar naquele lugar, e tentava todos os dias. Mas não tinha sucesso. Não era capaz de se refugiar dentro de si próprio nem de escapar. Estava num estado de suspensão. Imobilizado. Imobilizado pelo medo. Levantou-se, foi até o canto, urinou. A privada não funcionava muito bem, em breve iria transbordar. Não sabia o que fazer sobre isso. Estava amedrontado, lá em cima, sozinho. Mas também estava com medo da hora em que seria levado para baixo, com os outros que via durante as refeições, que o viam. Sabia quem eram, já tinha visto todos antes. Caso se encontrassem do lado de fora, saberia o que lhes dizer. Ali, não sabia nada, era um idiota, absolutamente aterrorizado. Ali estava à mercê de todos, e também à mercê daquela pedra e daquele ferro. Do lado de fora, ele não era mais um menino. Ali ele se deu conta de que era jovem, muito jovem, jovem demais. E... envelheceria ali?

Pela pequena abertura na porta da cela, observou o que podia ver do corredor. Tudo parado e silencioso. Devia ser muito cedo. Será que lhe dariam acesso aos chuveiros naquele dia? Mas não sabia que dia era, não se lembrava quando tinha tomado seu último banho. Pensou em perguntar a alguém naquele dia, para se lembrar mais tarde. *Preciso me lembrar. Não posso me deixar abandonar assim.* Tentou se lembrar de tudo que tinha lido sobre a vida na prisão. Não conseguiu se lembrar de nada. Sua mente estava tão vazia quanto uma concha; tal como uma concha, produzia um som sem sentido, nenhuma pergunta, nenhuma resposta, nada. E ele fedia. Bocejou de novo, coçou-se, estremeceu, com grande esforço sufocou um grito, agarrou as barras da janela alta e contemplou o que podia ver do céu. O toque do aço o acalmou um pouco; a pedra fria e áspera contra sua pele o reconfortou um pouco. Pensou em Frank, seu pai. Pensou em mim. Gostaria de saber o que estávamos fazendo naquele exato momento. Gostaria de saber o que o mundo todo, seu mundo, estava fazendo sem ele, por que tinha sido deixado sozinho ali, talvez para morrer. O céu tinha a cor do aço. Lágrimas densas correram pelo rosto do Fonny, sentiu cócegas na barba por fazer. Ele era incapaz de montar suas defesas porque não podia dar a si mesmo uma razão para estar ali.

Deitou-se no catre. Só lhe restavam cinco cigarros. Sabia que eu traria mais à tarde. Acendeu um cigarro, contemplando os canos no teto. Estava tremendo. Tentou tranquilizar sua mente. *Um dia após o outro. Não esquenta. Vai na boa.*

Tragou o cigarro. Seu pau endureceu. Distraidamente, manipulou-o por cima da cueca: era seu único amigo. Cerrou os dentes e resistiu, mas era jovem e solitário, estava sozinho. Masturbou-se de leve, como se rezasse, fechando os olhos. O pênis rígido reagiu, excitando-se, e o Fonny suspirou, dando outra tragada. Fez uma pausa, mas sua mão não pôde ficar imóvel — não podia ficar imóvel. Mordeu o lábio inferior, fazendo força — mas a mão não se imobilizou. Tirou a cueca e puxou a coberta até o queixo. A mão não ficava parada, se contraiu mais e mais, movendo-se mais rápido, e o Fonny afundou e reemergiu. Ai. Tentou não pensar em ninguém, tentou não pensar em mim, não queria que eu tivesse nenhuma conexão com aquela cela, ou com aquele ato. Ai. Virou de lado, erguendo-se, contorcendo-se, o ventre começando a tremer. Ai. Lágrimas pesadas se acumularam em seus olhos. Não queria que aquilo acabasse. Precisava acabar. Ai. Ai. Ai. Jogou o cigarro no chão de pedra, entregou-se de todo, fingiu que estava envolvido por braços, gemeu, quase gritou; seu pênis, que engrossava e queimava, fez com que suas costas criassem um arco, suas pernas se enrijecessem. Ai. Não queria que aquilo acabasse. Precisava acabar. Gemeu. Era inacreditável. Seu pênis triplicou de tamanho, lançou um jato, explodiu em cima de sua mão, sua barriga, seus testículos. Suspirou e, depois de um bom tempo, abriu os olhos: a cela desabou sobre ele, aço e pedra, fazendo-o saber que estava sozinho.

Foi levado para baixo para me ver às seis.

Lembrou-se de pegar o interfone.

"Oi!", e sorriu. "Como vai, querida? Me conta alguma coisa."

"Você bem sabe que não tenho nada pra te contar. Como você está?"

Beijou o vidro, beijei o vidro.

Mas ele não estava com uma boa aparência.

"Hayward vem te ver amanhã de manhã. Acha que já tem uma data para o julgamento."

"Quando?"

"Por agora. Muito em breve."

"O que quer dizer com muito em breve? Amanhã? No mês que vem? No ano que vem?"

"Acha que eu ia dizer isso, Fonny, se não soubesse que seria em breve? Acha? E Hayward me *disse* que podia te contar."

"Antes do bebê chegar?"

"Ah, sim, antes do bebê chegar."
"Está esperando para quando?"
"Em breve."
Seu rosto então se alterou e ele riu. Fez um gesto fingido de ameaça com o punho cerrado.
"Como ele vai? O bebê?"
"Vivo e chutando. Acredite em mim."
"Castigando você, né?" Riu de novo. "Ah, minha Tish querida!"
E mais uma vez seu rosto se alterou, se iluminou, ficou muito bonito.
"Viu o Frank?"
"Sim. Está trabalhando dobrado. Vem aqui amanhã."
"Vem com você?"
"Não. Vem com Hayward, de manhã."
"Como ele está?"
"Está bem, querido."
"E minhas duas irmãs birutas?"
"Estão como sempre."
"Ainda não se casaram?"
"Não, Fonny. Ainda não."
Esperei pela pergunta seguinte: "E mamãe?".
"Não vi ela. Claro. Mas parece estar bem."
"O coração fraco ainda não acabou com ela, né? Sua mãe voltou de Porto Rico?"
"Ainda não. Mas deve chegar a qualquer momento."
Seu rosto se alterou de novo.
"Mas se aquela garota ainda diz que fui eu que estuprei ela, vou ficar aqui mais tempo."
Acendi um cigarro e apaguei. O bebê se mexeu. Como se quisesse dar uma olhada no Fonny.
"Mamãe acha que Hayward pode desmontar o depoimento

dela. Parece ser meio histérica. Além disso, também trabalha como puta, o que não ajuda o caso dela. E você era o sujeito mais preto que eles mostraram pra ela naquela manhã. Havia alguns brancos, um porto-riquenho e uns dois irmãos mais claros — mas você era o único *negro*."

"Não sei o que isso quer dizer."

"Bem, *pode* querer dizer que o processo vai ser encerrado. Ela diz que foi estuprada por um negro, e aí puseram *um* negro no meio de uma porção de caras de pele mais clara. E por isso, obviamente, ela diz que foi você. Se estava procurando por um cara negro, ela *sabia* que não podia ser nenhum dos outros."

"E o Bell?"

"Bom, ele já matou um garoto negro, como eu te falei. E Hayward garante que o júri vai ficar sabendo disso."

"Merda. Se o júri souber disso, provavelmente vão querer dar uma medalha pro Bell. Ele está mantendo as ruas seguras."

"Fonny, não pensa assim, querido. Quando essa merda começou, concordamos que tínhamos que enfrentar um dia após o outro, não esquentar a cabeça e não pensar muito à frente. Sei exatamente o que você quer dizer, meu querido, mas não adianta pensar assim..."

"Você tem saudade de mim?"

"Ah, meu Deus, muita. É por isso que você não pode esquentar a cabeça. Estou esperando por você, o bebê está esperando por você!"

"Desculpe, Tish. Me desculpe. Vou me segurar. Vou mesmo. Mas às vezes é duro, porque não tem nenhuma razão pra eu estar aqui, sabe? E tem umas coisas acontecendo dentro de mim que não consigo entender direito, estou começando a ver coisas que nunca vi antes. Não tenho palavras pra explicar essas coisas, estou com medo. Não sou tão durão quanto pensava que era. Sou mais imaturo do que pensei. Mas vou me segurar. Te pro-

meto. Prometo, Tish. Vou ser um cara melhor quando sair do que quando entrei aqui. Prometo. Eu sei disso, Tish. Talvez fosse alguma coisa que eu precisava ver, e não podia ver sem vir pra cá. Talvez. Talvez seja isso. Ah, Tish, você me ama?"
"Eu te amo. Eu te amo. Você *tem* que saber que eu te amo, assim como sabe que esse cabelo crespo está crescendo na sua cabeça."
"Estou feio?"
"Bom, eu queria te agarrar. Pra mim você está sempre bonito."
"Também queria te agarrar."
Fez-se silêncio, nos entreolhamos. Continuávamos a nos olhar quando a porta se abriu atrás do Fonny e apareceu um homem. Este é sempre o pior momento, quando o Fonny precisa se levantar e dar meia-volta, eu tenho que me levantar e dar meia-volta. Mas o Fonny se controlou. Ficou de pé, ergueu o punho. Sorriu, ficando imóvel alguns segundos, me olhando no fundo dos olhos. Algo viajou dele para mim, uma mensagem de amor e coragem. Sim, sim. Vamos conseguir. De algum jeito vamos conseguir. De um jeito ou de outro. De pé, sorri e ergui meu punho. Ele se voltou na direção de seu inferno. Eu caminhei rumo ao Saara.

Os erros de cálculo neste mundo são incontáveis. O gabinete do procurador, a acusação, o Estado — *O Povo contra Alonzo Hunt!* — conseguiram imobilizar, isolar ou intimidar todas as testemunhas em favor do réu. Mas também se foderam, como nos contou uma Sharon mais magra na noite em que Ernestine pediu emprestados o carro da atriz e seu chofer para buscar mamãe no aeroporto Kennedy.
"Esperei mais dois dias. Pensei que não podia acabar daque-

la maneira. O negócio *não podia* terminar assim, mas Jaime disse que podia, que *ia* acabar daquele jeito. A essa altura, a história tinha se espalhado pela ilha toda. Todo mundo sabia, Jaime sabia mais sobre ela do que eu. Disse que eu estava sendo seguida por toda parte, que *nós* estávamos sendo seguidos por toda parte. E, numa noite, no táxi, ele provou que sim. Conto isso outro dia."

O rosto de mamãe: ela também via alguma coisa que nunca tinha visto antes.

"Eu não podia ir mais a lugar nenhum. Nos últimos dois dias, Jaime de fato virou meu espião. Conheciam o táxi dele mais do que conheciam ele, entendem o que estou dizendo? As pessoas sempre sabem mais sobre as coisas visíveis do que sobre as que não veem. Se viam o táxi de Jaime chegando, bom, aí era o Jaime chegando. Não olhavam pra dentro do carro."

O rosto de Sharon, o rosto de Joseph.

"Por isso, ele pegou emprestado outro carro. Desse modo, não viam quando ele chegava. Quando *reparavam* que era ele, não fazia diferença porque não estava comigo. Era parte da paisagem, como o mar, como o monte de lixo, ele era uma coisa que conheciam a vida toda. Não precisavam olhar pra ele. Nunca imaginei nada igual. Talvez não *ousassem* olhar pra ele, assim como não olham para aquele lixão. Não se veem a si mesmos, como nós também não nos vemos. Mas nunca imaginei nada igual. Nunca. Eu não falava nada de espanhol e eles não falavam nada de inglês. Mas estávamos no mesmo lixão. Pela mesma razão."

Olhou para mim.

"Pela mesma razão. Nunca pensei nisso assim. Quem quer que descobriu a América *merecia* ser levado de volta pra casa acorrentado, pra morrer lá."

Voltou a olhar para mim.

"Cuida de trazer esse bebê aqui, está me ouvindo?" E ela

sorriu. E sorriu. Estava muito próxima de mim. E muito distante.
"Não vamos deixar ninguém acorrentar esse bebê. Ponto-final."
 Pôs-se de pé e caminhou pela cozinha. Nós a observamos: perdeu peso. Segurava um copo de gim com suco de laranja numa das mãos. Eu sabia que ela ainda não tinha desfeito a mala. E, ao ver como ela lutava contra as lágrimas, percebi que, afinal de contas, ela realmente era jovem.
 "Seja como for, ele, Jaime, estava lá quando levaram a moça embora. Ela gritava. Estava tendo um aborto. Pietro carregou ela nos braços escada abaixo. Já estava começando a sangrar."
 Tomou um gole. Postou-se diante da janela, muito só.
 "Foi levada para as montanhas, um lugar chamado Barranquitas. Só quem conhece muito bem a região chega lá. Jaime diz que ela nunca vai ser vista de novo."
 E lá se foi o julgamento porque a acusação se fodeu ao perder sua principal testemunha. Ainda mantínhamos uma pequena esperança no Daniel, mas nenhum de nós podia vê-lo — e isso se soubéssemos onde ele poderia ser encontrado. Tinha sido transferido para o norte do estado: Hayward estava checando, Hayward continuava atento.
 A promotoria ia pedir mais tempo. Nós íamos pedir que a acusação fosse retirada e o processo encerrado, mas devíamos estar prontos para aceitar um pagamento de fiança, caso o juiz a concedesse e caso pudéssemos juntar o dinheiro.
 "Tudo bem", disse Joseph, que se levantou, foi até a janela e ficou ao lado de Sharon, mas sem tocá-la.
 Contemplaram a ilha deles.
 "Você está legal?", perguntou Joseph, acendendo um cigarro e passando para ela.
 "Sim, estou legal."
 "Então, vamos para o quarto. Você está cansada. E ficou longe muito tempo."

"Boa noite", disse Ernestine, com firmeza, e Sharon e Joseph, abraçados, seguiram pelo corredor em direção ao quarto.

De certa forma, *nós* é que mandávamos neles agora. E o bebê chutou de novo. Estava chegando a hora.

Mas o efeito disso tudo sobre Frank foi cataclísmico, absolutamente desastroso, e coube a Joseph lhe dar a notícia. Seus horários de trabalho eram agora tão erráticos que precisou ir até a casa dele.

Sem uma palavra, ele conseguiu impedir Ernestine e eu de falar com os Hunt.

Era cerca de meia-noite.

A sra. Hunt estava deitada. Adrienne e Sheila tinham acabado de entrar e, de pé na cozinha, vestindo penhoar, davam risadinhas enquanto tomavam Ovomaltine. O traseiro de Adrienne vinha aumentando, mas não havia a menor esperança para Sheila. Alguém lhe disse que se parecia com uma atriz de merda, Merle Oberon, que ela viu nos filmes que passam na televisão altas horas da noite; por isso, aparou as sobrancelhas com essa intenção, mas sem o mesmo efeito. Ao menos, a tal da Oberon era paga por sua inquietante semelhança com um ovo.

Como Joseph precisava estar bem cedo no cais, não tinha tempo a perder. Nem Frank, que também devia estar bem cedo em downtown.

Frank pôs uma cerveja na frente de Joseph, serviu-se de um pouco de vinho. Joseph tomou um gole da cerveja. Frank bebericou o vinho. Observaram-se por alguns instantes pavorosos, conscientes dos risinhos das moças na cozinha. Frank queria que o riso cessasse, mas não conseguia desgrudar os olhos de Joseph.

"E então?", perguntou Frank.

"Aguenta firme. Lá vem porrada. O julgamento foi adiado

porque a garota porto-riquenha, sabe, teve um aborto e parece que também aloprou de vez, cara. Seja como for, ela está em algum lugar perdido nas montanhas de Porto Rico, não pode ser tirada de lá, ninguém consegue ver ela, agora não pode vir pra Nova York, *de jeito nenhum,* e por isso tiveram que adiar o julgamento até que ela *consiga.*" Frank não disse nada. Joseph continuou: "Entende o que estou dizendo?".

Frank tomou outro gole do vinho e disse baixinho: "Sim, entendo".

Ouviram as vozes abafadas das moças na cozinha: aquele som estava deixando os dois homens malucos.

Frank disse: "Está me dizendo que vão manter o Fonny na cadeia até essa garota ficar boa da cuca". Tomou outro gole do vinho, olhou para Joseph. "Certo?"

Algo na fisionomia de Frank começou a aterrorizar Joseph, mas ele não sabia o que era.

"Bom, é isso que eles *querem.* Mas somos capazes de tirar ele de lá com uma fiança."

Frank não disse nada. As moças davam risadinhas nervosas na cozinha.

"Fiança de quanto?"

"Não sabemos. Ainda não foi fixada."

Tomou um gole da cerveja, mais e mais amedrontado — de um modo vago, mas profundo.

"Quando vão dizer?"

"Amanhã. Depois de amanhã." Foi obrigado a acrescentar: "*Se...*".

"*Se* o quê?"

"Se aceitarem nossa apelação, cara. Não são *obrigados* a oferecer a fiança." Havia outra coisa que ele precisava dizer: "E... não acho que vai acontecer, mas é melhor pensar no *pior.* Eles *podem* tentar pedir uma pena maior pro Fonny porque a garota perdeu o bebê e parece que ficou biruta".

Silêncio: risadinhas das moças na cozinha.

Joseph coçou o sovaco, observando Frank. Joseph estava se sentindo cada vez mais incomodado.

"Então", Frank disse finalmente, com uma tranquilidade gélida, "nós estamos mesmo é bem fodidos."

"Por que você diz isso, cara? Concordo que o jogo é duro, mas ainda não acabou."

"Ah, *sim*, acabou", disse Frank. "Pegaram ele. Só vão soltar quando bem entenderem. E não vai ser agora. E não tem nada que a gente possa fazer."

O medo que ele próprio sentiu fez Joseph gritar: "Nós *temos* que fazer alguma coisa!". Ouviu sua voz repercutir nas paredes, levantando-se contra o risinho das moças na cozinha.

"O quê? Podemos fazer o quê?"

"Se oferecerem a fiança, arranjar a grana..."

"Como?"

"Sei lá, cara! Só sei que temos que fazer!"

"E se não concordarem com a fiança?"

"A gente *tira* ele de lá! Não me importa o que vamos ter que fazer pra tirar ele de lá!"

"Nem eu! Mas o que é que podemos *fazer*?"

"*Tirar ele de lá*. É isso que temos que fazer. Nós dois sabemos que não tem nenhuma razão pra ele estar lá. Esses filhos da puta mentirosos também sabem disso."

Pôs-se de pé. Tremia. A cozinha ficou silenciosa.

"Olha. Sei o que você está dizendo. Que nos enrabaram direitinho. Está certo. Mas é nossa carne e nosso sangue, cara: *nossa carne e nosso sangue*. Não sei *como* vamos fazer, só sei que temos que fazer. Sei que você não está assustado por você, e Deus sabe que eu não estou assustado por mim. Aquele rapaz vai ter que sair de lá. Só isso. E nós temos que tirar ele de lá. Só isso. E a primeira coisa que temos que fazer, cara, é simplesmente não amarelar. Não podemos deixar que esses porras desses brancos filhos da puta continuem com essa merda por mais tempo." Acalmou-se, tomou um gole da cerveja. "Eles já vêm matando nossos filhos faz muito tempo."

Frank olhou para a porta aberta da cozinha, onde estavam suas duas filhas.

"Tudo bem?", Adrienne perguntou.

Frank jogou o copo de vinho no chão, que se estraçalhou ruidosamente.

"Vocês duas babaquinhas metidas a branquelas, saiam da porra da minha frente, estão ouvindo? *Sumam da porra da minha frente.* Se fossem mulheres de verdade, estavam se vendendo por aí pra tirar o irmão de vocês da prisão em vez de dar a bunda de graça pra todos esses veadinhos que vêm fungar perto de vocês com um livro debaixo do braço. Vão pra cama! *Deem o fora daqui!*"

Joseph observou as irmãs. Viu algo bem estranho, uma coisa que nunca tinha imaginado: viu que Adrienne sentia um amor desesperado pelo pai. Sabia que ele estava sofrendo. Aliviaria aquela dor se soubesse como, mas não sabia. Daria tudo para saber. Não sabia que fazia Frank se lembrar da mãe dele. Sem uma palavra, ela baixou a vista e deu meia-volta, seguida por Sheila.

O silêncio se fez enorme — foi se ampliando mais e mais. Frank escondeu a cabeça nas mãos. Joseph viu então que Frank amava suas filhas.

Frank não disse nada. Lágrimas caíam sobre a mesa, escorrendo da palma das mãos com que havia coberto o rosto. Joseph observou: as lágrimas corriam da palma para o osso do punho, pingando com um ruído muito leve e intolerável sobre a mesa. Joseph não sabia o que dizer, mas então falou:

"Não é hora de chorar, cara", ele disse. Terminou a cerveja. Observou Frank. "Você está legal?"

Frank por fim respondeu: "Sim, estou".

Joseph disse: "Tenta dormir um pouco. Amanhã cedo já temos que pegar no batente. Falo com você no fim do dia. Entendeu?".

"Sim", respondeu Frank. "Entendi."

Quando o Fonny ficou sabendo que o julgamento tinha sido adiado, e por quê, e o efeito que o desastre de Victoria podia ter sobre o seu próprio — fui eu que contei a ele —, uma coisa muito estranha, e totalmente maravilhosa, aconteceu com ele. Não é que tenha abandonado a esperança, mas deixou de se agarrar a ela.

"Está bem", foi tudo o que disse.

Parecia que eu estava vendo suas maçãs do rosto altas pela primeira vez, e talvez isso seja realmente verdade, porque ele perdera muito peso. Olhou direto para mim, para dentro de mim. Os olhos eram enormes, profundos e escuros. Eu me senti ao mesmo tempo aliviada e assustada. Ele se moveu — não que tenha se distanciado de mim, mas se moveu. Estava num lugar onde eu não estava.

E me perguntou, me encarando com aqueles olhos eletrizados, enormes:

"Você está bem?"

"Sim, estou bem."

"O bebê está bem?"

"Sim, o bebê está bem."

Ele sorriu. De certo modo, foi um choque. Eu sempre veria aquele espaço onde faltava um dente.

"Bom, eu também estou bem. Não se preocupe. Vou voltar pra casa. Vou voltar pra casa, pra você. Quero te abraçar, quero que você me abrace. Tenho que pegar nosso bebê no colo. Tem que ser. Tenha fé."

Sorriu de novo, e tudo se mexeu dentro de mim. Ah, amor. Amor.
"Não se preocupe. Vou voltar pra casa."
Sorriu mais uma vez e se pôs de pé, fazendo o gesto tradicional de punho cerrado. Olhou para mim, muito firme, de um jeito que eu nunca tinha visto antes em rosto nenhum. Tocou por um instante no pênis, curvou-se e beijou o vidro. Beijei o vidro.

Agora o Fonny sabia por que estava lá, por que estava onde estava — agora ousava olhar ao redor. Não estava ali por nada que tivesse feito. Sempre soube disso, mas agora sabia de um jeito diferente. Durante as refeições, os banhos de chuveiro, subindo e descendo as escadas, à noite, antes que todos fossem trancados novamente, olhava para os outros, escutava: o que *eles* fizeram? Nada de mais. Fazer muito é ter o poder de pôr aquelas pessoas onde estão, e ali mantê-las. Esses homens cativos eram o preço oculto de uma mentira oculta: os seres dignos deviam ser capazes de definir os indignos. Fazer muito é ter o poder e a necessidade de se impor aos amaldiçoados. Mas isso, pensou Fonny, era uma via de mão dupla. *Ou você está dentro, ou você está fora. Muito bem, entendi. Filhos da puta. Não vão me enforcar.*
Levei livros para ele, e ele leu. Conseguimos arranjar papel para que ele desenhasse. Agora, sabendo onde estava, começava a conversar com os homens, de certa forma se sentindo em casa. Sabia que tudo podia lhe acontecer ali. Mas, por saber isso, não podia mais dar as costas: precisava enfrentar a realidade, até provocá-la, brincar com ela, ousar.
Foi mandado para a solitária porque se recusou a ser estuprado. Perdeu outro dente e quase perdeu um olho. Alguma coisa se enrijeceu dentro dele, alguma coisa mudou para sempre, as

lágrimas ficavam congeladas na barriga. Mas havia saltado do promontório do desespero. Lutava pela vida. Via o rosto do seu bebê diante dele, tinha um encontro marcado ao qual não podia faltar, e estaria lá, jurava, sentado na merda, suando e fedendo, quando o bebê chegasse.

Hayward conseguiu que fosse concedida a possibilidade de fiança para o Fonny. Mas o valor era alto. E o verão se aproximava: estava chegando a hora.

Num dia que jamais esquecerei, Pedrocito me levou para casa depois do restaurante espanhol e, pesadíssima, me sentei na cadeira de costume.

O bebê estava irrequieto, e eu apavorada. Estava chegando a hora. De tão cansada, eu queria quase morrer. Como o Fonny tinha sido posto na solitária, fazia tempo que eu não o via. Vi naquele dia. Ele tinha emagrecido muito, estava cheio de equimoses: por pouco não gritei. Para quê, onde? Vi essa pergunta nos seus olhos negros enormes e ligeiramente voltados para cima — olhos que agora ardiam, como os de um profeta. Porém, quando ele sorriu, vi de novo meu amor como se fosse pela primeira vez.

"Vamos ter que botar alguma carne em cima desses seus ossos", eu disse. "Deus meu, tenha piedade."

"Então, fala mais alto. Ele não consegue te escutar." Mas disse isso com um sorriso.

"Já temos quase todo o dinheiro pra pagar a fiança e te soltar."

"Foi o que imaginei."

Nos sentamos e simplesmente ficamos nos olhando. Fazíamos amor através de toda aquela barreira de vidro, pedra e aço.

"Escuta, daqui a pouco estarei aí do lado de fora. Estou indo pra casa porque estou feliz de ter vindo, consegue entender isso?"

Observei seus olhos.

"Sim", respondi.

"*Agora* sou um artesão. Como um cara que faz... mesas. Não gosto da palavra 'artista'. Talvez nunca tenha gostado. Não entendo porra nenhuma do que ela significa. Sou um cara que trabalha com tesão e usa as mãos. Agora sei das coisas. Acho que realmente sei. Mesmo se não der em nada. Mas acho que vai dar certo. Agora."

Ele estava muito longe de mim. Ele estava comigo, mas muito distante. E agora sempre estará.

"Onde você me levar", eu disse, "vou atrás."

Ele riu.

"Querida, querida, querida. Eu te amo. E vou *fazer* uma mesa pra nós e um montão de gente vai comer em volta dela por muito, *muito* tempo."

Da minha cadeira, contemplei pela janela aquelas ruas horrorosas.

O bebê perguntou:

Não há ninguém digno entre eles?

E chutou, mas com uma tremenda diferença, e eu sabia que estava quase chegando a hora. Lembro que olhei o relógio: vinte para as oito. Eu estava sozinha, mas tinha certeza de que logo, logo alguém entraria pela porta. O bebê chutou e eu prendi a respiração; quase chorei; o telefone tocou.

Atravessei a sala, pesadíssima, e atendi.

"Alô?"

"Oi, Tish? É a Adrienne."

"Como vai, Adrienne?"

"Tish, você viu meu pai? O Frank está aí?"

A voz dela por pouco não me jogou no chão. Nunca senti um terror maior.

"Não. Por quê?"

"Quando viu ele pela última vez?"
"Olha... Não *tenho visto* ele. Sei que ele tem se encontrado com o Joseph. Mas *eu* não tenho visto ele."
Adrienne chorava. Um som horrível ao telefone.
"Adrienne! O que é que está acontecendo? Qual é o *problema*?"
E me lembro de que, naquele momento, tudo parou. O sol não se moveu, a Terra não se moveu, o céu ficou olhando firme, esperando, e pus a mão em cima do meu coração para fazer ele pulsar de novo.
"Adrienne! *Adrienne!*"
"Tish... Papai foi posto pra fora do trabalho há dois dias, disseram que ele estava roubando e ameaçaram botar ele na cadeia. E ele estava muito nervoso, por causa do Fonny e tudo, e estava de porre quando voltou pra casa, xingou todo mundo, e depois saiu porta afora, e ninguém viu ele desde então... Tish, você não sabe onde meu pai está?"
"Adrienne, querida, não sei. Juro por Deus que não sei. Não tenho visto ele."
"Tish, eu sei que você não gosta de mim..."
"Adrienne, você e eu tivemos uma briguinha, mas está tudo bem. É normal. Não quer dizer que eu não gosto de você. Nunca faria nada pra te machucar. Você é *irmã* do Fonny. E, se eu amo ele, *tenho* que te amar. Adrienne?"
"Se você ver ele, me chama?"
"Sim, claro que chamo."
"Por favor. Por favor. Por favor. Estou com medo", disse Adrienne, num tom de voz baixo, totalmente diferente, e desligou.
Pus o telefone no gancho quando a chave girou na fechadura e mamãe entrou.
"Tish, o que é que há contigo?"

Voltei para minha cadeira e me sentei.

"Era a Adrienne. Está procurando o Frank. Disse que ele foi posto pra fora do trabalho e que estava muito, muito nervoso. E a Adrienne, coitada, está arrasada. Mamãe...", e nos entreolhamos, o rosto dela tão imóvel quanto o céu, "será que o papai viu ele?"

"Não sei. Mas o Frank não tem vindo aqui."

Ela largou a bolsa em cima do aparelho de TV, se aproximou e pôs a mão na minha testa.

"Como está se sentindo?"

"Cansada. Esquisita."

"Quer que eu pegue um pouco de conhaque pra você?"

"Quero. Obrigada, mamãe. Pode ser uma boa ideia. Vai ajudar a acalmar meu estômago."

Ela foi até a cozinha, voltou com o conhaque e me entregou.

"Está enjoada?"

"Um pouco. Vai passar."

Tomei um gole do conhaque e contemplei o céu. Ela me observou por um instante e depois foi embora. Continuei a contemplar o céu. Era como se ele tivesse alguma coisa a me dizer. Eu estava num lugar estranho, sozinha. Tudo estava parado. Até o bebê estava parado.

Sharon voltou.

"Você viu o Fonny hoje?"

"Vi."

"E como ele estava?"

"Ele é bonito. Bateram nele, mas não bateram — se entende o que quero dizer. Ele é bonito."

Mas eu estava tão cansada, lembro que mal conseguia falar. Alguma coisa estava prestes a acontecer comigo. Era o que eu sentia, sentada naquela cadeira, contemplando o céu — e incapaz de me mexer. Tudo o que podia fazer era esperar.

Até chegar a hora da minha libertação.

"Acho que Ernestine conseguiu o resto do dinheiro", disse Sharon, e sorriu. "Com aquela atriz dela."

Antes que eu pudesse dizer qualquer coisa, a campainha tocou e Sharon foi até a porta. Algo em sua voz, à porta, fez com que eu me levantasse subitamente, deixando cair o copo de conhaque no chão. Lembro ainda do rosto de Sharon, atrás de papai, e lembro também do rosto dele.

Ele nos contou que Frank tinha sido achado num bosque bem acima do rio, dentro do carro dele, com as portas trancadas e o motor ligado.

Sentei-me na cadeira.

"O Fonny sabe?"

"Acho que não. Ainda não. Não vai saber antes da manhã."

"Tenho que contar pra ele."

"Não pode ir lá antes da manhã, minha filha."

Joseph sentou-se.

Sharon me perguntou, com ar severo: "Como é que você está se sentindo, Tish?".

Abri a boca para falar... sei lá o quê. Quando abri a boca, não consegui retomar o fôlego. Tudo desapareceu, exceto os olhos de mamãe. Uma incrível compreensão relampejou entre nós. Então eu só podia ver o Fonny. E depois gritei, minha hora tinha chegado.

O Fonny está trabalhando numa madeira, numa pedra, assobiando, sorrindo. E, de muito longe, mas chegando mais perto, o bebê chora e chora e chora e chora e chora e chora e chora e chora, chora como se quisesse acordar os mortos.

Dia de Colombo — 12 de outubro de 1973
St. Paul de Vence, França

A prisão na forma de blues

Márcio Macedo

Em dezembro de 1987, duas semanas e meia após o falecimento de James Baldwin, a escritora Toni Morrison publicou um memorial em homenagem ao autor no *New York Times*.* Nesse texto, Morrison declara aspectos da amizade dos dois e as contribuições de Baldwin incorporadas por ela e sua geração: o uso de uma linguagem própria, a coragem em abordar temas polêmicos e a ternura na forma de escrever.

A ternura, atributo de ordem estética, é exemplificada por Morrison numa passagem de *Se a rua Beale falasse* em que Clementine "Tish" Rivers, narradora e personagem central da história, descreve a sensação do filho em seu útero:

> [...] então sinto alguma coisa debaixo das minhas costelas, quase tão difícil de captar quanto um sussurro numa sala cheia de gente e tão precisa quanto uma teia de aranha, chocando e surpreen-

---

* Toni Morrison, "James Baldwin: His Voice Remembered; Life in His Language", *The New York Times*, 20 dez. 1987.

dendo meu coração. [...] o bebê, virando-se pela primeira vez naquele incrível invólucro de água, anuncia sua presença e me convoca; me diz, naquele instante, que o que pode piorar pode também melhorar; [...] E que tudo isso — sempre — só depende de mim.

A capacidade de Baldwin de criar efeitos visuais com as palavras se evidencia em descrições de cenas e personagens tão apuradas e ricas em detalhes a ponto de sua escrita se aproximar do trabalho de um pintor. A sugestão não é fortuita: Baldwin se formou como escritor em contato com as artes visuais e a música devido à influência do pintor Beauford Delaney (1901-79), um de seus mentores.* Esse vínculo com o universo das artes plásticas durou até o fim de sua vida. *Se a rua Beale falasse*, por sinal, é dedicado a Yoran Cazac (1938-2005), artista francês que lhe foi apresentado por Delaney.**

A coragem, atributo de ordem sociológica, pode ser observada nas escolhas dos assuntos retratados nos romances de Baldwin. Em *Se a rua Beale falasse*, o enredo é construído em torno da prisão. Alonzo "Fonny" Hunt é um jovem negro aspirante a escultor que se aventura a morar numa área não negra de Nova York. Lá ele é perseguido por um policial branco racista, Bell, que o acusa de estuprar uma mulher porto-riquenha, Victoria Rogers. Tish, sua noiva, está grávida. O leitor sabe desde o início que Fonny está preso, e o romance é contado retrospectivamente a partir das memórias de Tish. A inspiração para a trama do

---

* Para uma biografia do autor, ver David Leeming, *James Baldwin: A Biography*. Nova York: Arcade, 1994.
** Em 1976, Yoran Cazac seria o ilustrador do único livro infantil escrito por Baldwin, em parte devido ao pedido de seu sobrinho, Terjan Karefa-Smart, para que escrevesse um livro sobre ele. Ver James Baldwin, *Little Man, Little Man: A Story of Childhood*. Durham: Duke University Press, 2018.

livro veio da história verídica de William "Tony" Maynard, amigo de Baldwin que enfrentou uma batalha jurídica ao ser injustamente acusado de cometer um homicídio no Greenwich Village, em abril de 1967. A irmã de Maynard, Valerie, é a referência para a narradora. No ensaio "To Be Baptized", publicado em 1972, Baldwin descreve o caso de Maynard e seu encontro com ele numa prisão em Hamburgo, na Alemanha, onde o suspeito aguardava a extradição para os Estados Unidos.*

O uso de uma linguagem própria — aspecto também de ordem estética — aparece na incorporação de um universo cultural, espacial e político negro que vem à tona em descrições da vida cotidiana, com a linguagem, a musicalidade e as formas de sociabilidade de duas famílias negras do Harlem: os Rivers e os Hunt. As referências ao universo cultural e religioso afro-americano estão distribuídas por todo o livro. A rua Beale, explicitada no título, fica em Memphis, no Tennessee, no Sul dos Estados Unidos. A cidade é tida como o berço do blues e também é o local onde o líder Martin Luther King Jr., amigo de Baldwin, foi assassinado na varanda de um quarto de hotel, em 4 de abril de 1968. O blues surge em referência ao ritmo musical, pai de todos os outros estilos musicais afro-americanos, e como uma forma de expurgar a dor que emana da história fictícia de Tish e Fonny e da tragédia de Luther King. Por fim, o blues cumpre o papel de performatizar o que o filósofo Cornel West aponta como "*tragicomic hope*", ou "esperança tragicômica", que, no limite, também está presente na escrita de Baldwin:

> A tragicomédia é a habilidade de rir e reter um senso de alegria na vida — de preservar a esperança mesmo quando se encara a face do ódio e da hipocrisia — em vez de cair no niilismo do desespe-

---

* James Baldwin, *No Name in the Street*. Nova York: Vintage, 2000, pp. 112-253.

ro paralisante. Essa esperança tragicômica se expressa na América de modo mais profundo nas vozes da luta negra por liberdade, terrivelmente honestas e ainda assim compassivas; de modo mais pungente na eloquência dolorosa do blues; e de modo mais exuberante no improviso virtuoso do jazz.*

A narrativa de *Se a rua Beale falasse* é marcada pelo tom melancólico que vem do blues e pela musicalidade de spirituals, soul, jazz além do próprio blues. No decorrer da história, outras referências musicais como Ray Charles, Billie Holiday, Marvin Gaye, Aretha Franklin e B. B. King fornecem a trilha sonora do romance.** A musicalidade é utilizada pelo autor como meio de reflexão e forma estética. Toni Morrison, numa entrevista ao sociólogo inglês Paul Gilroy, descreve o papel da música em seu trabalho:

> Utilizo a analogia da música porque você pode viajar pelo mundo inteiro e ela ainda é negra. [...] Eu não a imito, mas sou informada por ela. Às vezes eu escuto blues, outras vezes spirituals ou jazz, e me aproprio dela. Tenho tentado reconstruir sua textura em meu texto — certos tipos de repetição —, sua profunda simplicidade. [...] O que já aconteceu com a música nos Estados Unidos, a literatura fará um dia, e quando isso acontecer estará tudo terminado.***

---

* Cornel West, *Democracy Matters: Winning the Fight Against Imperialism*. Nova York: Penguin, 2004, p. 16.
** As canções citadas por Baldwin no livro são: "What You Gonna Call Your Pretty Little Baby?", um *negro spiritual* cantado em igrejas negras americanas; "Uncloudy Day", um hino batista; Billie Holiday, "My Man" (1938); Marvin Gaye, "What's Going On" (1971); Ray Charles, "I Can't Stop Loving You" (1962); Otis Redding, "(I Can't Get No) Satisfaction" (1965); Aretha Franklin, "Respect" (1967); e B. B. King, sem especificação da canção.
*** Paul Gilroy, *O Atlântico negro: Modernidade e dupla consciência*. São

A literatura negra, de acordo com a escritora, deveria ter a mesma função da música negra, ou seja, dar significado e forma à subjetividade. Assim, tanto Baldwin como Morrison procuram fazer da literatura um projeto estético e político que assuma esse compromisso. Ao circunscrever uma espacialidade negra na cidade de Nova York, Baldwin contrasta o Harlem, histórico bairro negro onde vivem os Rivers e os Hunt, com a região do Village, área para a qual Tish e Fonny planejam morar depois de casados.* O Harlem é retratado no livro por meio de seus característicos sobrados marrons (*brownstones*), igrejas, o Apollo Theater e a rua 125 — centro comercial da parte negra do bairro —, mas também pelo comportamento de homens e mulheres: elas falam alto e riem, repreendem suas crianças; eles, cheios de virilidade, caminham pelas ruas altivos. E há a dimensão espacial das casas. Aos sábados à tarde, as mulheres alisam o cabelo enquanto presenciam o conflito latente ao dividir o lar com os companheiros, de folga do trabalho, e as crianças, liberadas da escola. A cozinha é o espaço de sociabilidade da família — da bebida, da comida, das fofocas e das celebrações —, deixando a sala de estar para ocasiões formais: o anúncio público da gravidez de Tish é feito na sala de estar dos Rivers e tem um desfecho dramático. Por fim, a espacialidade e a pobreza do "gueto" do Harlem e de suas moradias são contrastadas com a pobreza latina da "favela" por-

---

Paulo: Editora 34; Rio de Janeiro: Centro de Estudos Afro-Asiáticos (UCAM), 2001, pp. 166-8.

* A questão da espacialidade na obra de James Baldwin é apontada por uma leitura da recepção brasileira do autor em texto de Alex Ratts, "Negritude, masculinidade, homoerotismo e espacialidade em James Baldwin: Uma leitura brasileira", em Joseli Maria Silva, Marcio Jose Ornat e Alides Baptista Chimin Junior (Orgs.), *Espaço, gênero e masculinidades plurais* (Ponta Grossa: Toda Palavra, 2011).

to-riquenha e seus barracos, como acompanhamos na viagem que Sharon empreende até San Juan, capital de Porto Rico, na tentativa de localizar Victoria Rogers.

Inversamente, Greenwich Village, Washington Square Park, Bank Street e partes do East Village e Lower East Side são referências de vida boêmia, intelectual e artística que representam as perspectivas para o futuro do jovem casal. Essas regiões da cidade, no entanto, acabam se revelando espaços de opressão para ambos, seja na dificuldade de alugar um apartamento, seja no momento em que Tish é assediada por um delinquente ítalo--americano, que acaba sendo agredido por Fonny. Fatidicamente, essa parte da cidade também viria a ser o local onde Victoria Rogers seria estuprada.

Por outro lado, o modo como Baldwin lida com aspectos do cotidiano afro-americano é medido por sua capacidade de ser delicado e terno, como salienta Morrison. Nesse aspecto, o autor lança mão de sua habilidade de expressar a *"tragicomic hope"* mencionada por West. Refletindo sobre a relação entre amor, sexo e gozo, Tish se questiona sobre a forma como ela e Fonny transam:

> Acho que não é muito frequente que duas pessoas possam rir e transar, transar porque estão rindo, rir porque estão transando. O riso e o amor vêm do mesmo lugar: mas pouca gente vai lá.

Para os pais de Fonny, o sexo também levava ao riso, mas de outra maneira. A busca do gozo remete a uma relação de transgressão de aspectos religiosos que, quando mencionados durante o ato sexual, produzem efeitos cômicos, de obscenidade e desejo. O companheiro de Tish descreve como o fim das tardes e início das noites de domingo na casa de sua família tomavam um desfecho peculiar:

Por isso, papai ficava deitado lá, nu, com o pau cada vez mais duro, e dizia: "Acho que está na hora do Senhor entregar a vida dele a mim". E ela dizia: "Ah, Frank, deixa eu te levar até o Senhor". E ele dizia: "Não sacaneia, mulher, eu vou levar o Senhor até *você*. *Eu* sou o Senhor". E ela começava a chorar e a gemer: "Ah, meu Senhor, me ajuda a ajudar esse homem. Foi o Senhor que me deu ele. Não posso fazer nada. Ah, meu Senhor, me ajude". E ele dizia: "O Senhor vai te ajudar, querida, quando você for uma menininha outra vez, nua como uma menininha. Vamos, vem pro Senhor". E ela começava a chorar e pedir por Jesus Cristo enquanto ele tirava as roupas dela — eu podia ouvir as roupas sendo arrancadas e jogadas no chão, às vezes tropeçava nelas quando passava pelo quarto deles de manhã a caminho da escola — e, quando deixava ela nua e trepava em cima, minha mãe continuava a gritar: "Ai, Jesus, me ajuda, me ajuda, Senhor!". E papai dizia: "Agora você está com o Senhor, aqui mesmo. Onde quer que ele te abençoe? Onde dói? Onde quer que as mãos do Senhor toquem em você? Aqui? Ou aqui? Onde quer a língua dele? Onde quer que o Senhor entre em você, sua vagabunda suja, sua negra burra? Vagabunda. Sua puta". E dava uns tapas nela, fortes, que estalavam bem alto. E ela dizia: "Ah, meu Senhor, me ajude a carregar minha cruz". E ele dizia: "Toma, querida, vai carregar direitinho, sei que vai. Jesus é seu amigo, vou te avisar quando ele chegar".

A passagem acima lembra muito José Saramago em *Memorial do Convento*, que, ao descrever uma cena de autoflagelação de homens diante de mulheres numa procissão, explicita o caráter sexualizado que rituais religiosos podem tomar. A procissão que entrelaça a história medieval do casal português Baltasar e Blimunda, em Saramago, se revela um ritual sadomasoquista que excita tanto homens como mulheres.

Então levanta-se do coro feminil grande assuada, e possessas, frenéticas, as mulheres reclamam força no braço, querem ouvir o estralejar dos rabos do chicote, que o sangue corra como correu o do Divino Salvador, enquanto latejam por baixo das redondas saias, e apertam e abrem as coxas segundo o ritmo da excitação e do seu adiantamento. Está o penitente diante da janela da amada, em baixo na rua, e ela olha-o dominante, talvez acompanhada de mãe ou prima, ou aia, ou tolerante avó, ou tia azedíssima, mas todas sabendo muito bem o que se passa, por experiência fresca ou recordação remota, que Deus não tem nada que ver com isto, é tudo coisa de fornicação, e provavelmente o espasmo de cima veio em tempo de responder ao espasmo de baixo, o homem de joelhos no chão, desferindo golpes furiosos, já frenéticos, enquanto geme de dor, a mulher arregalando os olhos para o macho derrubado, abrindo a boca para lhe beber o sangue e o resto.*

A partir dos trechos selecionados, é possível notar que tanto Baldwin como Saramago são escritores cujos referenciais simbólicos e psiques foram forjados na religião — protestante no caso do americano, católica no caso do português. Mesmo tendo refutado a religião em suas vidas, é esse universo que sempre se coloca como pano de fundo dos romances de ambos os escritores, que conseguem profanar o religioso justamente para sacralizar o sexo via comicidade. Para além de cenas picantes e engraçadas, Baldwin também é capaz de usar a ternura para explicitar formas sutis e não óbvias de beleza. Aplicando a técnica de pintor que aprendeu com seu mentor Beauford Delaney, ele consegue dar novos significados ao que é visto como ordinário. Tish, descrevendo sua mãe, Sharon, consegue identificar os traços distintivos dela e sua jovialidade:

* José Saramago, *Memorial do Convento*. São Paulo: Companhia das Letras, 2013, p. 30.

Acho que é uma mulher bonita. Pode não ser bonita de se ver, seja lá que *porra* é isso, neste reino dos cegos. Está começando a engordar um pouco. Os cabelos vão ficando grisalhos, mas só da nuca para baixo, no que a geração dela chamava de "cozinha", e no centro da cabeça. Assim, só se percebem os cabelos brancos se ela curva a cabeça ou se vira de costas — e Deus sabe que ela não costuma fazer nenhuma dessas duas coisas.

O escritor mostra como os traços fenotípicos dos corpos negros e brancos interferem nos privilégios, nos estereótipos e nas representações. Tish é uma mulher negra de pele mais escura que seu companheiro, considerada de menor valor e não suficientemente boa pela sogra e pelas cunhadas, negras de pele mais clara. Baldwin levanta uma discussão presente há muito tempo nas comunidades negras sobre o lugar social ocupado por indivíduos mais claros — seja num contexto de supremacia branca próprio dos Estados Unidos, seja na valorização da mestiçagem e do embranquecimento peculiares ao Brasil — e como eles tendem a ser beneficiados no conjunto de distribuição de recursos. Tish se descreve assim:

> Bem, minha pele é escura, meus cabelos são normais e não tenho nada de muito especial — nem o Fonny se dá ao trabalho de fingir que sou bonita, diz apenas que as garotas bonitas são um tremendo pé no saco.

E continua, agora descrevendo a mãe e as irmãs do companheiro:

> A sra. Hunt e as meninas têm a pele clara; e dá para ver que a sra. Hunt foi uma garota muito bonita lá em Atlanta, onde nasceu. E

ainda tem aquele ar, aquele jeito de não me toque que as mulheres bonitas levam até o túmulo. As irmãs não eram tão bonitas quanto a mãe e, obviamente, não foram moças em Atlanta, mas tinham a pele clara e cabelos compridos. O Fonny é mais claro que eu, mas muito mais escuro que elas, e nem toda a brilhantina que ela passava no cabelo dele aos domingos fazia seu cabelo ficar liso.

Porém, a pele mais clara das irmãs de Fonny, marca entendida como possibilidade de ascensão social, não cumpre sua promessa.

Elas foram criadas para se casar, mas ninguém por perto era digno delas. Na verdade, não passavam de moças normais do Harlem, apesar de terem chegado a cursar o City College. Mas absolutamente nada estava acontecendo com elas no City College — nadinha: os negros com diplomas não as queriam; os que queriam mulheres pretas queriam que fossem pretas mesmo; e os que queriam mulheres brancas queriam que fossem brancas mesmo.

A pele mais escura de Fonny, em contrapartida, se reverte num sinalizador de perigo e desregramento sexual, algo que deve ser controlado. Baldwin, aqui, está dialogando de forma direta com a representação historicamente construída de corpos negros hipersexualizados. No caso da mulher negra, essa associação apresenta seus corpos como saturados de desejo e, por isso, sexualmente disponíveis. No caso do homem negro, a hipersexualização serviu como base para o mito do estuprador negro ávido por mulheres brancas, narrativa presente no imaginário do período que se segue à Proclamação de Emancipação (1863) e à Guerra de Secessão (1861-5) e disseminada na literatura racista da época e no filme O *nascimento de uma nação* (1915), do diretor racista D. W. Griffith.* Como afirma a socióloga Patricia Collins, essa representação reduz os homens negros e sua masculinidade à noção fálica de "pênis negros" ávidos por satisfazer seu desejo por mulheres brancas e, consequentemente, fora de controle.** Fonny é, aos olhos do policial Bell, o jovem negro arrogante, não subserviente, em busca de vítimas — mulheres brancas num bairro de maioria branca. Não à toa, Victoria Rogers, a vítima de estupro, uma mulher latina pobre que emigrara para os Estados Unidos ao se casar com um americano, é uma porto-riquenha loura. A surpresa de Tish ao ver a foto de Victoria é emblemática desse detalhe:

> Eu nunca a tinha visto. Fiquei de pé para ver por cima do ombro de Sharon. É loura — mas os porto-riquenhos são louros? Na foto, ela sorri como se estivesse com prisão de ventre, porém há vida naqueles olhos. Os olhos e as sobrancelhas são negros; os ombros escuros estão nus.

A latinidade de Victoria é, portanto, amenizada por elementos de branquitude.

E mais: a noção de que o estuprador de Victoria é negro confirma a narrativa de um imaginário que dá inteligibilidade ao crime — negros estupradores em busca de mulheres brancas ou quase brancas —, e também serve como forma de canalizar a dor da personagem ao identificar o suposto perpetrador da violência.

---

* O lugar do estupro na política econômica e simbólica do racismo e na elaboração do mito do estuprador negro é discutido de forma rigorosa por Angela Davis no texto "Estupro, racismo e o mito do estuprador negro", em *Mulheres, raça e classe* (São Paulo: Boitempo, 2016, pp. 177-203).
** Patricia Hill Collins, *Black Sexual Politics: African Americans, Gender, and the New Racism*. Nova York; Londres: Routledge, 2005.

> Ela diz que foi estuprada por um negro, e aí puseram *um* negro no meio de uma porção de caras de pele mais clara. E por isso, obviamente, ela diz que foi você. Se estava procurando por um cara negro, ela *sabia* que não podia ser nenhum dos outros.

Em *Se a rua Beale falasse*, a violência sexual é retratada por Baldwin em sua dimensão de sofrimento. O encontro de Sharon com Victoria numa favela em San Juan faz com que, ao precisar falar sobre o acontecimento, a moça reviva a violência que sofreu. Ao mesmo tempo, Daniel, amigo de Fonny, foi estuprado no período em que esteve preso.

> Na noite em que o Fonny foi preso, o Daniel estava conosco. Um pouco bêbado, vinha chorando. Falava outra vez sobre seu tempo na cadeia. Tinha visto nove homens enrabarem um menino, e *ele* próprio tinha sido violentado. Nunca mais — nunca, nunca — seria o Daniel que tinha sido. O Fonny o abraçou, amparou antes que ele caísse.

O estupro é o ápice da afirmação de uma masculinidade hegemônica que perpassa a história deste livro e organiza uma relação de hierarquia social, sexismo e violência. Essa masculinidade é performada no modo como Fonny vê a si próprio e como atua para proteger Tish dos perigos das ruas do Village; na agressão de Frank à esposa na frente das duas famílias e no tratamento que dispensa a suas filhas; na maneira como a rotina doméstica é organizada. No entanto, a impossibilidade de essa masculinidade hegemônica — que subordina mulheres, crianças e mesmo outros homens — ser exercida por homens negros é exemplificada na prisão injusta de Fonny, bem como nas ameaças vividas por ele e Daniel dentro da cadeia, ou, ainda, na subordinação racial de Frank e no seu desespero final, que o faz se suicidar após ser pego roubando no trabalho. A masculinidade dos homens negros é vivida na impossibilidade de sua realização plena, uma vez que coloca em risco a subalternidade que organiza as relações sociais.

A mesma paixão que salvou o Fonny fez com que ele se encrencasse e fosse para a cadeia. Porque, veja bem, ele havia descoberto seu centro, seu próprio centro, dentro dele: e isso era visível. Ele não era o preto de ninguém. E isso é um crime na porra deste país livre. Supõe-se que você seja o preto de *alguém*. E se você não for o preto de alguém, então você é um preto mau: e foi isso que os policiais decidiram quando o Fonny se mudou para downtown.

Contudo, mesmo que a dominação masculina tente se impor na narrativa de Baldwin, neste romance são as mulheres que conduzem a trama e as ações, num protagonismo que desconstrói a ideia de passividade. A começar por Tish, a narradora, são as mulheres que se colocam à frente na tentativa de libertar Fonny. Ernestine, por meio de seus contatos, contrata um advogado branco, o sr. Hayward. Sharon e Tish reúnem-se periodicamente com Hayward para tomar ciência do andamento do caso e elaborar estratégias para livrar Fonny. Sharon, por sua vez, viaja para Porto Rico a fim de encontrar Victoria Rogers mesmo sem saber falar espanhol. E Tish visita com frequência o noivo na prisão, tentando mantê-lo esperançoso e mentalmente equilibrado.

Por fim, vale a pena contextualizar o lugar da prisão em *Se a rua Beale falasse*, mais um elemento vinculado ao atributo sociológico de sua escrita: a coragem. A virada dos anos 1960 para os 1970 foi um momento histórico em que a realidade das prisões começou a ser problematizada dentro da comunidade afro-americana por intelectuais, ativistas, lideranças políticas e pela população em geral. A reflexão sobre o lugar da prisão no desenvolvimento de uma perspectiva crítica da experiência negra nos Estados Unidos pode ser identificada em várias obras que entraram para o cânone do pensamento afro-americano. Naquele período, as ruas, a criminalidade e o encarceramento começaram a servir de mote e capital simbólico para a produção cultural da época. Autores como Chester Himes (1909-84), Eldridge Cleaver (1935-98), George Jackson (1941-71), Iceberg Slim (1918-92), Etheridge Knight (1931-91) e Donald Goines (1936-74), dentre outros, passaram a ser lidos de forma massiva. Gerald Early afirma que os escritos desses autores

> representavam uma porção pequena mas obrigatória da produção de literatura negra nos anos 1970. Muitos os consideravam sob uma perspectiva bem mais política na época. [...] Havia uma forte crença entre muitos negros — pobres, gente da classe trabalhadora e intelectuais burgueses — e também entre muitos brancos de que a vida urbana violenta representaria a "autêntica" experiência negra e uma cultura de "resistência" verdadeiramente dinâmica do ponto de vista político.*

Nesses escritos, a prisão é mais um estágio de um processo de sofrimento físico e psíquico responsável por moldar a resistência e a masculinidade negras. Na autobiografia de Malcolm X escrita por Alex Haley, fica evidente a forma como a prisão transforma Malcolm Little (ou "Red") em Malcolm X, o fiel discípulo de Elijah Muhammad que viria a se tornar seu principal ministro.** Aqui, a menção a Malcolm X na fala de Daniel Carty descrevendo o período em que ficou preso é digna de nota.

---

* Gerald Early, "What Is African-American Literature?", *Journal USA — Multicultural Literature in the United States Today*, U.S. Department of State, v. 14, n. 2, fev. 2009.
** Alex Haley, *Autobiografia de Malcolm X*. São Paulo: Record, 1992. Para uma revisão crítica contemporânea do texto escrito por Haley nos anos 1960, ver a biografia de Malcolm X escrita pelo historiador Manning Marable, *Malcolm X: Uma vida de reinvenções* (São Paulo: Companhia das Letras, 2013).

Cara, foi ruim. Muito ruim. E está ruim agora. Talvez eu me sentisse diferente se tivesse feito alguma coisa e sido pego. Mas não fiz nada. [...] Na cadeia eu senti na pele o que o Malcolm e aqueles outros irmãos vivem falando. O homem branco é um demônio. Com certeza não é humano. Algumas das coisas que eu vi, cara, vão me dar pesadelo até o dia em que eu morrer.

Baldwin, por sua vez, humaniza a prisão explicitando sua desumanidade. O cárcere, em seu livro, é responsável por desconstruir a idealização de uma masculinidade hegemônica em que homens são figuras indestrutíveis e sem emoção. Na prisão, Fonny é constantemente espancado e começa a sofrer de depressão. Seu amigo, Daniel, é estuprado enquanto encarcerado. Curiosamente, em nenhum momento do livro a prisão é retratada a partir do seu espaço interno, exceto nos encontros entre Tish e Fonny, quando ela o visita. A prisão, fonte de sofrimento e horror, é algo misterioso. Sob esse aspecto, pode-se refletir a respeito da atualidade do texto de Baldwin e de sua coragem para abordar temas difíceis e controversos.

Nos anos 1970, período em que Baldwin publicou *Se a rua Beale falasse*, especialistas em criminologia nos Estados Unidos viam a prisão como um fracasso, uma medida ineficaz de ressocialização capaz de produzir mais criminalidade. A filósofa e ativista Angela Davis foi uma das primeiras intelectuais negras a defender a extinção das prisões. A partir da sua própria experiência de encarceramento entre 1970 e 1972 — quando foi presa e processada pelo governo norte-americano por uma suposta conspiração na tentativa malsucedida de resgate de George Jackson, que deixou quatro mortos —, ela desenvolveu uma profunda reflexão política e teórica sobre o universo das prisões. Trinta anos depois, Davis afirmaria que

Quando comecei a me envolver com o ativismo antiprisional, no fim da década de 1960, fiquei estarrecida ao descobrir que naquela época havia quase 200 mil pessoas na prisão nos Estados Unidos. Se alguém tivesse me dito que em três décadas haveria dez vezes mais, eu teria ficado absolutamente incrédula.*

Entretanto, a guerra às drogas decretada nos anos 1980 pela administração do então presidente Ronald Reagan, paradoxalmente num momento de declínio do consumo de drogas, fez com que os Estados Unidos viessem a se tornar o país pioneiro na política de encarceramento em massa nas décadas seguintes. Se pensarmos no histórico racial do país, essa política impactou diretamente a população negra, elevando sobremaneira os números de encarcerados e rotulando esse contingente da população como inimigo do Estado. Nesse sentido, a prisão pode ser compreendida como instrumento de controle social de uma população tida como descartável do ponto de vista da racionalidade econômica.

Os Estados Unidos são hoje o país com a maior população carcerária do mundo. De acordo com os dados do Bureau of Justice Statistics,** em 2016 havia mais de 2 milhões de presos, entre homens e mulheres, distribuídos em presídios municipais, estaduais e federais norte-americanos. Entre os encarcerados, há uma super-representação de negros e latinos: os negros compõem 36,1% do total de encarcerados, mas representam apenas 13% da

---

* Angela Davis, *Estarão as Prisões Obsoletas?* Rio de Janeiro: Difel, 2018, p. 11. Para entender o caso pelo qual Davis foi processada e o movimento "Free Angela", ver o documentário *Free Angela and All Political Prisoners* (2012), dirigido por Shola Lynch.
** Ver *Correctional Populations in the United States*, 2016 — Bureau of Justice Statistics. Disponível em: <https://www.bjs.gov/content/pub/pdf/cpus16.pdf>. Acesso em: 21 ago. 2018.

população estadunidense, enquanto os latinos são 21,9% do total de encarcerados e constituem 17% da população americana.

O sociólogo francês Loïc Wacquant demonstra como a prisão se tornou uma forma de controle social de determinadas populações e da gestão da pobreza por parte do Estado num país de capitalismo avançado, como é o caso dos Estados Unidos.* A jurista Michelle Alexander, por sua vez, defende o argumento de que o encarceramento em massa atual equivale a uma espécie de escravidão, um novo sistema Jim Crow, quando as leis separatistas vigentes entre fins do século XIX e meados dos anos 1960 instauravam a segregação racial entre negros e brancos. De acordo com a jurista, há hoje, nos Estados Unidos, "algo como um sistema de castas raciais".** Nesse sentido, a ideia de "subclasse", conceito popularizado pelo sociólogo William Julius Wilson para explicar a pobreza e a precariedade de acesso à cidadania dos afro-americanos,*** é interpretada por Alexander como "subcasta": uma casta inferior de indivíduos que estão permanentemente apartados da sociedade pelo direito e pelos costumes, porque cometeram ou podem vir a cometer algum tipo de delito.

A realidade da prisão ficou patente para a população americana em 2014 no caso do jovem Kalief Browder, história que causou comoção ao ser publicada na revista *New Yorker*.**** Na madrugada de 15 de maio de 2010, dez dias antes de completar dezessete anos, Browder foi parado por uma viatura da polícia

---

* Loïc Wacquant, *Punir os pobres: A nova gestão da miséria nos Estados Unidos*. São Paulo: Revan, 2018.
** Michelle Alexander, *A nova segregação: Racismo e encarceramento em massa*. São Paulo: Boitempo, 2017.
*** William Julius Wilson, *When Work Disappears: The World of the New Urban Poor*. Nova York: Vintage, 1997.
**** "Before the Law", *The New Yorker*, 6 out. 2014. Ver também a série *Time: The Kalief Browder Story* (2017), dirigida por Jenner Furst.

após sair de uma festa a alguns quarteirões de sua casa no Bronx, em Nova York. Os policiais afirmaram que um indivíduo dentro da viatura dizia que Browder havia roubado a sua mochila uma semana antes. Browder foi levado à delegacia e, no dia seguinte, depois de ser fichado e ter comparecido a uma audiência com um juiz, foi enviado a uma prisão provisória juvenil em Rikers Island. Uma série de trâmites jurídicos — que demonstram a forma desigual pela qual o sistema de justiça americano funciona — fez com que Browder passasse três anos preso, e a maior parte desse tempo confinado numa solitária devido a atritos com outros internos. Libertado por falta de provas em 2013, Browder cometeria suicídio em 2015. A história fictícia contada por Baldwin em 1974 de certa maneira antecipa a veracidade da história que Browder vivenciaria quarenta anos depois.

Aproximar vida real e ficção é um elemento central na forma como Baldwin constrói seus personagens e suas histórias. Os personagens são simulacros da experiência afro-americana em suas conquistas, peculiaridades e tragédias. Nesse aspecto, Baldwin constrói personagens e histórias por meio de uma espécie de confissão autobiográfica. Exemplo disso é a relação de Fonny com seu pai, Frank. O suicídio de Frank remete às próprias tendências suicidas de Baldwin ainda adolescente, aspirante a escritor, quando um amigo pelo qual nutria uma atração platônica se suicidou.

Ainda sobre esse assunto, há um elemento importante do aspecto confessional da literatura de Baldwin: Tish entra em trabalho de parto logo depois da morte de Frank ser anunciada e pouco antes de Fonny ser libertado sob fiança. O pai do autor, o reverendo Baldwin, faleceu minutos antes do nascimento de sua última filha, em 1943. O que se apresenta como trágico num primeiro momento é o centro da jornada afro-americana que mescla sofrimento, perseverança e busca por um futuro melhor.

Na passagem abaixo fica evidente a relação entre a prisão de Fonny, o amor entre Fonny e Tish, o desenvolvimento do bebê e a determinação de Fonny em conquistar a liberdade:

> E eu compreendi que o crescimento do bebê estava vinculado à sua determinação de ser livre. Por isso, não ligava se eu ficasse do tamanho de duas casas. O bebê queria sair. O Fonny queria sair. E nós íamos conseguir: a tempo.

A epígrafe de *Se a rua Beale falasse* faz referência ao bebê do jovem casal retratado no livro e também alude à ideia de redenção trazida pela vinda do Messias.

Mary, Mary,
What you going to name
That pretty little baby?

A frase é parte da letra de um spiritual frequentemente cantado em igrejas negras americanas, chamado "What You Gonna Call Your Pretty Little Baby?". O bebê de Tish e Fonny não é nomeado, mas sua enunciação através das palavras finais de Tish representa o fechamento de um ciclo e o início de outro, morte e nascimento.

> Abri a boca para falar... sei lá o quê. Quando abri a boca, não consegui retomar o fôlego. Tudo desapareceu, exceto os olhos de mamãe. Um incrível conhecimento relampejou entre nós duas. Então eu só podia ver o Fonny. E depois gritei, minha hora tinha chegado.
>
> O Fonny está trabalhando numa madeira, numa pedra, assobiando, sorrindo. E, de muito longe, mas chegando mais perto, o

bebê chora e chora e chora e chora e chora e chora e chora e chora, chora como se quisesse acordar os mortos.

Para Cornel West, "Baldwin era um democrata modulado pelo blues e impregnado de jazz".* Nesse sentido, *Se a rua Beale falasse* pode ser entendido como uma espécie de epopeia afro-americana narrada pela escrita de Baldwin, em que a melancolia e a tristeza da prisão tomam a forma de blues em uma busca incansável pela liberdade e igualdade sustentada pelo amor de Tish e Fonny.

---

* Cornel West, *Democracy Matters: Winning the Fight Against Imperialism*. Nova York: Penguin, 2004, p. 68.

Um perfil de James Baldwin

Márcio Macedo

James Arthur Baldwin foi o grande inovador da literatura afro-americana entre os anos 1950 e 1970, tornando-se uma referência de seu tempo ao lado de figuras como Truman Capote, John Updike e Philip Roth. Tendo como uma de suas principais influências Henry James (1846-1913), a ponto de ser chamado de "Henry James do Harlem", Baldwin foi romancista, ensaísta, poeta e dramaturgo, além de ativista político. Sua obra tem sido recuperada por filmes, livros e reedições que continuamente evidenciam sua contribuição na elaboração de uma subjetividade multifacetada e complexa: negra, gay, masculina, intelectualizada, urbana e cosmopolita. Publicou em vida mais de vinte livros, distribuídos entre romances, ensaios, peças de teatro, poemas e contos.

Nascido no Harlem, bairro negro de Nova York, em 1924, Baldwin pertencia a uma família pobre e religiosa que tinha raízes no Sul dos Estados Unidos.* Um médico do Harlem Hospi-

* Para uma biografia, ver D. Leeming, *James Baldwin: A Biography*. Nova York: Arcade, 1994.

tal disse à sua mãe, Emma Berdis Jones, que, devido ao seu aspecto frágil, ele não viveria mais do que cinco anos. Três anos após o nascimento do filho, sua mãe, que havia abandonado o pai biológico do menino ainda grávida, se tornou Emma Berdis Baldwin ao se casar com o reverendo David Baldwin, um pastor moralmente rígido e descrente em relação aos brancos, com os quais mantinha uma relação de desconfiança, ódio e subserviência. Os dois tiveram mais oito filhos, além de James e de um primeiro filho de David, três anos mais velho. Embora considerasse o reverendo seu pai, quando pequeno James era tratado por ele com desdém, e essa relação acabaria se tornando o leitmotiv da sua produção literária.

Seu talento para a escrita foi notado logo cedo. Ele estudou na Public School 24, onde, estimulado pelos professores, escreveu peças de teatro. Anos depois, foi para a Frederick Douglass Junior High School. Nessa escola, teve aulas de poesia com Countee Cullen, poeta vinculado ao Harlem Renaissance nos anos 1920 e formado pela Universidade de Nova York. Cullen e outro professor, Herman Porter, formado em Harvard, tiveram papel importante na trajetória de Baldwin, estimulando-o a encarar os estudos com seriedade. Seguindo sugestão de Cullen, Baldwin se candidatou a uma vaga na DeWitt Clinton High School, no Bronx, uma escola somente para garotos famosa pela qualidade de ensino. Ao ser admitido, Baldwin entrou em contato com um ambiente composto majoritariamente por jovens judeus oriundos de famílias com orientação política de centro-esquerda, apoiadores do programa de recuperação econômica do presidente Roosevelt — o New Deal — e da causa negra. Baldwin trabalhou na revista literária da escola, *The Magpie*, e ali fez amigos, a maior parte deles brancos e judeus, que se tornaram seus pares intelectuais.

Entre os catorze e os dezessete anos, Baldwin foi pastor mirim na Assembleia Pentecostal de Fireside, tendo decorado trechos da Bíblia e conduzido cultos para uma quantidade de fiéis nunca antes vista por seu pai na época de ministério. Para ele, a religião e a leitura eram um refúgio dos problemas vivenciados em casa. A formação intelectual na escola e o grupo de amigos com quem convivia suscitavam, cada vez mais, questionamentos em relação ao pai, à religião e à sua sexualidade. Seguindo a sugestão de seu amigo e colega de escola judeu Emile Capouya, Baldwin visitou o artista plástico Beauford Delaney. Artista negro e gay vinculado ao Harlem Renaissance nos anos 1920 e morador do Greenwich Village — a área boêmia, artística e intelectual de Nova York —, Delaney tornou-se seu mentor, introduzindo o jovem no universo artístico. Foi justamente nesse período que Baldwin resolveu abandonar a religião. Posteriormente, mudou em definitivo para o Village.

O autor viveu períodos difíceis devido à ausência de recursos, à insanidade do pai e à necessidade de cuidar da família. Nesse período, afastou-se da literatura e chegou a duvidar da possibilidade de se tornar escritor. Com a morte do pai, em 1943, a situação se agravou. Baldwin fez bicos em restaurantes no Village e começou a trabalhar em revistas como a *Nation*, elaborando resenhas semanais de livros. A atividade possibilitou a Baldwin que aperfeiçoasse suas ideias e desenvolvesse seu estilo de escrita. Ele chegou a fazer cursos na The New School, onde conheceu o ator Marlon Brando, que na época estudava artes cênicas. Mas Baldwin nunca cursaria o ensino superior. A vida tumultuada, as incertezas, os impedimentos financeiros, as desilusões amorosas e a dificuldade de avançar no seu primeiro romance levaram-no a considerar o suicídio, tema recorrente em suas obras. Foi nesse contexto que decidiu deixar os Estados Unidos e, seguindo a trilha de outros escritores, intelectuais e artistas, como seu mentor Richard Wright, se autoexilou em Paris em 1948.

Os dois primeiros livros de repercussão de Baldwin retratam questões vivenciadas na infância e na juventude, como religião, raça e sexualidade. Em *Go Tell It on the Mountain* (1953), romance de formação semibiográfico, a religião, elemento fundamental na experiência societária afro-americana, é abordada a partir de seu papel de organizador social da vida negra nos Estados Unidos e, por outro lado, sua submissão em diversos contextos. Esse paradoxo pode ser percebido ao acompanhar no livro a trajetória de John Grimes, alter ego de Baldwin. Na estética literária do autor, sagrado e profano se envolvem e se rearticulam, produzindo situações que explicitam os impasses, as desigualdades, as injustiças, a resiliência e até mesmo a comicidade vivenciadas por afro-americanos cotidianamente. *Notes of a Native Son* (1955), por sua vez, descreve a relação conflituosa com o pai e a tomada de consciência racial do autor. A morte do pai revela uma dolorosa interseção entre biografia e história mediada pela raça. A ilegitimidade existente na relação entre Baldwin pai e Baldwin filho, nunca abertamente discutida, mas constantemente sugerida, faz alusão no ensaio à ilegitimidade com a qual os Estados Unidos tratavam os afro-americanos.

Baldwin ganharia ainda mais notoriedade com o segundo romance, *O quarto de Giovanni* (1956), que aborda temas como homossexualidade, exílio e crise existencial através da experiência de David, um americano em Paris que acaba se apaixonando e se envolvendo com um bartender italiano chamado Giovanni.

Em 1957, em meio ao crescimento do movimento pelos direitos civis, Baldwin voltou para os Estados Unidos e se tornou uma voz entre os dois polos ideológicos do movimento negro americano da época — Martin Luther King e Malcolm X. Com fama e influência no meio intelectual e artístico, ele conseguiu levar uma série de celebridades brancas e negras para as fileiras do movimento. O ensaio "Letter from a Region in My Mind", parte do livro *The Fire Next Time* (1963) e publicado primeiramente na *New Yorker*, em 1962, tematiza a difícil relação dentro da comunidade afro-americana entre, de um lado, os cristãos representados por Martin Luther King Jr. e, de outro, o crescente número de muçulmanos negros vinculados à Nação do Islã, de Malcolm X e Elijah Muhammad. O texto rendeu a Baldwin a capa da *Time* no ano seguinte, quando o autor excursionava pelo Sul do país em favor do movimento pelos direitos civis e contra a segregação racial vigente naqueles estados.

Dentro da comunidade afro-americana, Baldwin ocupava uma espécie de não lugar, sendo objeto de desconfiança devido à sua ambivalência sexual. A dificuldade de conexão com o universo afro-americano pode ser verificada na complicada relação de Baldwin com Malcolm X e, posteriormente, com os Panteras Negras. Eldridge Cleaver, que se notabilizaria como ministro da Informação do grupo, escreveu na prisão em 1965 uma série de ensaios revolucionários que viriam a ser publicados sob o título de *Soul on Ice* (1968).* Um dos textos, intitulado "Notes on a Native Son", é um ataque extremamente violento e homofóbico a James Baldwin.

O estilo descritivo, crítico e apurado de Baldwin viria a tomar forma mais evidente em *Terra estranha* (1962), através da articulação das temáticas de raça, sexualidade e questões de classes na cena artística e intelectual nova-iorquina. Na trama, um grupo de amigos, negros e brancos, convivem em um universo alternativo de relativa tolerância racial. Até que o envolvimento de Leona, uma sulista branca recém-chegada a Nova York com Rufus, um músico de jazz, põe em xeque a representação de masculinidade no grupo, os limites dos relacionamentos inter-raciais e a vitalidade do racismo, mesmo em uma cidade liberal e cosmopolita como Nova York.

* *Alma no exílio*. Rio de Janeiro: Civilização Brasileira, 1971.

Em 1974, ano da publicação de *If Beale Street Could Talk*, tanto Malcolm X como Martin Luther King Jr. já haviam sido assassinados. Os Panteras Negras estavam sendo dizimados por uma perseguição implementada pelo diretor do FBI à época, J. Edgar Hoover. O Cointelpro, programa de contrainteligência conduzido por Hoover, infiltrava informantes e agitadores no partido, promovendo a difamação e até mesmo a execução de lideranças. Inserido nesse contexto, o romance de Baldwin conta a história de Tish e Fonny, um jovem casal que ainda vive com os pais no Harlem. Tish está grávida e Fonny é acusado por um policial de ter estuprado uma mulher. O enredo evidencia a dificuldade das duas famílias de se manter unidas diante das adversidades que advêm do racismo. *Se a rua Beale falasse* é uma história de amor entre pessoas comuns que tentam manter a serenidade e a esperança em uma sociedade que não oferece quase nenhum reconhecimento social ou igualdade para negros.

James Baldwin faleceu em 1º de dezembro de 1987 em Saint-Paul-de-Vence, na França, vítima de um câncer no estômago. Sua literatura influenciou a produção de uma série de autores e autoras negros mais recentes, como o escritor nigeriano Chinua Achebe (1930-2013), a ganhadora do Nobel de Literatura Toni Morrison, o artista plástico afro-americano Glenn Ligon, a romancista britânica Zadie Smith e muitas outras personalidades do universo artístico, intelectual e ativista negro de dentro e de fora dos Estados Unidos. Em 2016, um ano antes do aniversário de trinta anos da morte de Baldwin, foi lançado o documentário *Eu não sou seu negro*. Dirigido pelo cineasta haitiano Raoul Peck, ele registra debates, apresentações e seminários dos quais o autor participou entremeados com a leitura de um manuscrito inacabado intitulado *Remember This House*, no qual Baldwin relembra os assassinatos de Medgar Evers (1925-63), Malcolm X (1925-65) e Martin Luther King Jr. (1929-68).

Recentemente, o autor tem sido retomado justamente na sua articulação entre raça e sexualidade, em livros que tematizam o racismo, a homofobia, a misoginia e a divisão de classes, tão presentes entre negros e brancos, nos Estados Unidos ou no Brasil.

1ª EDIÇÃO [2019] 2 reimpressões

ESTA OBRA FOI COMPOSTA EM ELECTRA PELO ACQUA ESTÚDIO E IMPRESSA
PELA GRÁFICA PAYM EM OFSETE SOBRE PAPEL PÓLEN SOFT DA SUZANO S.A.
PARA A EDITORA SCHWARCZ EM NOVEMBRO DE 2020

A marca FSC® é a garantia de que a madeira utilizada na fabricação do papel deste livro provém de florestas que foram gerenciadas de maneira ambientalmente correta, socialmente justa e economicamente viável, além de outras fontes de origem controlada.